初雪 / 1996年 / 68 cm × 68 cm

天下

精典名家小说文库

谢有顺 主编

葛水平

著

作家出版社

图书在版编目（CIP）数据

天下 / 葛水平著 . -- 北京：作家出版社，2018.6
（精典名家小说文库）
ISBN 978-7-5212-0091-1

Ⅰ . ①天… Ⅱ . ①葛… Ⅲ . ①中篇小说 – 中国 – 当代
Ⅳ . ① I247.5

中国版本图书馆 CIP 数据核字 (2018) 第 124894 号

天下

作　　者：葛水平
责任编辑：丁文梅
装帧设计：精典博维·肖　杰　马延利
责任印制：李卫东　李大庆
出版发行：作家出版社
社　　址：北京农展馆南里 10 号　　邮　　编：100125
电话传真：86-10-65930756（出版发行部）
　　　　　86-10-65004079（总编室）
　　　　　86-10-65015116（邮购部）
E-mail:zuojia@zuojia.net.cn
http://www.haozuojia.com（作家在线）
印　　刷：三河市兴博印务有限公司
成品尺寸：125×185
字　　数：48 千字
印　　张：3.875
版　　次：2018 年 10 月第 1 版
印　　次：2018 年 10 月第 1 次印刷
ISBN　978-7-5212-0091-1
定　　价：39.80 元

目录

天
下

一

谷堆坪在歪垴山的北面，进山只有五里路，山下一条眉河，秋阳下眉河水光潋滟，迷人视目。

一天黄昏，阳光腾人，谷堆坪村妇软琴，在眉河岸边柳荫下捣衣。偶一抬头，瞅见不远处的河面上，浮着锅盖大一块黑乎乎的毛帕帕。软琴想，八成是漂浮着的枯树枝。又低头捣衣，没料想，当她又瞅了一眼时，那个毛帕帕浮出水老高，竟是个活物儿。冲着软琴而来，一会儿水下，一会儿又戳了出来，直到挺挺地立在软琴面前，软琴才看明白了，是个男人。

晚夕在天空烧着，一河的红，像是画师拖着狼毫的泼彩。软琴立起身死盯着那个男人。男人也傻头傻脑，一动不动。瞅来瞅往，终于使软琴厌了，"你想做啥？"那个男人扑通一声倒在了软琴脚前。软琴心里发慌，拣起一块河卵石朝着近水砸过去，水花溅出老高，溅了那个男人一身，他依旧不动。死了，软琴想：这个人死了。

死人不可怕，这年月死人多，战争、饥荒，一天不见死人还叫人稀罕哩。软琴扶起男人的头，还有一丝气息，软琴想，指不定能缓过来。抬了头望对岸，对岸上泊村有一座古塔，以前古塔下有座庙叫法兴寺，寺没了留下了塔。塔有些歪斜，两河岸边的人传说，塔倒时定要砸死一个戴帽人。人们互相等着看那个戴帽人出现。软琴从闺女时代活到做了人媳，除了当兵的后生戴帽，老百姓都捂着羊肚子手巾，她要自己的丈夫霍长驴头上羊肚子手巾都不捂，软琴说：千千万万不能从那塔下走，你走过，我就成了寡妇。

软琴想着就笑了。怀里的那个脑袋动了一下，缓缓睁开了眼。活了。他看到了软琴的笑。

男人忧心惴惴，脸色焦黄，眼神迷茫。软琴的笑渐渐地在他心里聚成一团温暖的东西膨胀开来，他支着肘想起身，软琴说："你站得起来吗？"他往起站时小声说道："带我回家。"流动着傍晚时节的空气里，因为他的这句话仿佛叫醒了软琴的母性。软琴搀扶着他走，似乎他的腿也受了伤。这时节晚霞褪了，满世界水流一样温情并且宁静。

走了一截子路，男人恢复了一些力气，软琴要他站下，她匆忙返回岸边取了木盆，跑回来继续搀扶着男人走。山口上玉茭地里的红缨须渐次变黑，穿过弥漫的庄稼的馨气，软琴气喘吁吁，因了裹脚，走得吃力。

软琴家的院子里，霍长驴拿着锤子敲铁，打击声空阔地撂出院墙。软琴大声喊道："霍长驴你快出来。"霍长驴出了院子，破旧的黑夹袄腰间束了根布带，他踩了跺脚，伸出粗糙的大手接住软琴的木盆。男人歪斜了一下，脸一时扯得走形了。突然切入生活中的这个男人叫霍长驴的心隐约慌张了一下，他和软琴挽紧男人的胳膊，左摇右晃地进了屋。接着霍长驴出了院门，看谷堆坪的街道，一群麻雀起起落落，在黄土道上希望渺茫地搜寻粮食。霍长驴听得自己变得急促的呼吸，他有些害怕人的眼睛此时出现。如果忘掉刚才和记住刚才一样容易多好。毕竟是一个陌生人进入了家门。世道乱了，是福是祸他不知道，更不清楚要承载什么样的恩仇。

这个男人清瘦，个子不高，颧骨明显，眼睛眍在眉骨下，闭着眼睛，叫人明白不清。软琴倒了一碗水，霍长驴搬起他的身子灌了几口，男人咳嗽了一下。天暗下来，暗让什么东西蹲踞在屋子里。霍长驴说："你能说话吧？"男人咬着牙关点点头。"你从哪里来，要到哪里去？"男人压着气说："河对岸来，到河这边。"

这等于没问话。

男人咧开嘴，什么地方又扯疼了他。软琴看他那一条僵硬的腿，解开裹腿时，软琴看到腿上烂了巴掌大一片，紫痂下拳头样鼓起了黄脓。从河对岸过来，拖着一条烂腿。软琴没来得及想什么，跳下炕捅开火，往锅里下了一把花椒。软琴从肚兜里掏出针线包，取了针在男人化脓的地方扎了几下，脓像癞蛤蟆的皮一样鼓出来，等脓清理干净时软琴用净布蘸着花椒水洗，男人被洗得睡了过去，睡得踏实。

霍长驴看软琴，麻纸窗户透进来的光移动得快，软琴的脸被黑白替换着，直到黄昏最后的那缕弱光穿过云层诚实地射到软琴身边这个男人的脸上，他才开始怀疑这个人的到来是不祥的。

再看软琴，河水的清凉都从幻象中来，似乎还在梦里，梦醒来，一下被霍长驴的眼神射过来的刨根问底扼住了。心里叹口气，心情竟然也茫然了。"河对岸来，游到这边。"河对岸有枪声，他是哪一派的人？这个男人头枕着胳膊，脸朝着他们，呼吸平缓。软琴使了个眼色，跳下炕出了门。

两口子站在院子里，头罩着黑暗交头接耳。

"有难的人让我照见了。"

"摊上事了，不是小事。"

"大不了一条命。"

"我怎么觉得不是一条命呢？"

"你吓唬我？"

"算了算了，都是命。"

谷堆坪的夜悬浮着莫名其妙的难过，高处挂着的月和星星，一只黑乌鸦闪过，软琴后脊梁上突然生出几点麻星子，她冲着黑乌鸦隐埋的地方轻声喊："死呀，你吓着我了！"

河对岸，八路军和日本人在交战，子弹像发情的蜜蜂，似乎并不都是依附在树叶上，可是河对岸的树光秃秃的，全都叫子弹咬走了。

软琴说:"反正他是个人,咱得把他当了人养。"

软琴掉了一下头,明晃晃的月明下,眼睛里有妩人的媚态一闪。霍长驴知道说服不下软琴,想着,算了,明晨一早睁开眼这个人也许就死了,或者就消失了。

二

云朵移动得快,月明的清凉从屋外照进来,男人平缓的呼吸激得霍长驴后股发凉。门外不敢有风吹草动,睡得不实,坐起来取了烟袋一锅一锅抽。蚊子嘤嘤飞过,软琴也睡不着,门脑上拽下一截艾草燃了,艾草的烟气熏得两口子的眼睛半睁半合,眼前就不再和以前一样了,黑暗漩涡似的漩出无数个阴影,突然听得夜风使树枝树杈发出尖叫,两个人皮肤收紧不约而同看炕上的人。那个人睡得踏实。艾草的烟气集成一团别扭的影块,罩着他,不肯散去。

男人在软琴的炕上睡了五天，软琴每日都给他用花椒水洗伤口。男人醒来时一下坐了起来，抬头四下里望屋子，望着，渐渐地有了无助感。炕上铺着席子，只有一床破被子搁置着，屋子里空得不见一个装粮食的缸。穷日子，他叫了一声："真是穷。"

他让软琴如鸟惊起，张皇扑翼地躲了一下他的眼睛，甚至没有听清楚他说了啥话。男人迅疾爬到窗户前看屋外，天空明净得像一个漆过的蔚蓝罩子，漆色明亮生辉。他转头看地上的软琴，因为躲避，软琴的两个奶子不停地摇晃，让他感觉到了人间热气。软琴从地灶里掏出一个土豆递过来，黑漆漆的土豆，他捧在手心，几次放在鼻子下闻，胃里没有东西，馋虫吊上来，这时候是不能吃得太急，软琴端过来一碗水，亮旺旺的水上照着日头，鼻头酸了一下，他低下头大口往嘴里塞，吃起来有连着骨头带着筋肉的感觉。

他说："天气好。"

软琴说："天气好。"

他说："我没死，活着。"

软琴说："你咬一下自己的胳膊，知道疼就活着，你这就好好的坐在炕上呀。"

他说："我睡了几天？"

软琴说："你不知道啊？"

他说："睡了，就都不记了。"

软琴说："巴巴的睡了一巴掌。"

他拍了一下自己的腿说："误事了。"

软琴笑了。

软琴说："多事磨难，只要天不塌，人活着就不误事。"

他该怎么来和这个女人解释呢。

他问："你家一年四季吃啥喝啥？"

软琴说："吃屁屙风。"

软琴说话天高气爽的样子。

他忍不住稀罕这女人说话的样子了，望着院子他止住稀罕说："我问的是你家粮食可多？"

可多？你看秋阳高照的山坡，该是男女老少立地根的时节，打仗，延续到啥年月呢？是人都乌龟样缩着，种那几分地粮食不够老皇（鬼子）来扫荡。以前秋禾多，糜谷、荞麦、玉茭、高粱，豆子、花生，战争一来缺口粮，土豆耐旱高产，人顾不得伺候也长。土豆成了百姓养家糊口的首想。土豆耐得住天昏日晒，切片晾晒在河滩上黑黢黢的，也不怕地鼠飞鸟啄咬，一年四季玩花样吃，干土豆片可磨粉，粉可蒸馍、擀面、压饸饹，面糊煮菜糊脑也糊肚。粮食在家户里有个小名儿叫：金贵。这金贵儿吃多了屁多，你可听得见霍长驴夜里的响屁声？软琴边说话边在火上坐锅做土豆面糊，滑溜溜的面糊喝起来如北风呜咽。战乱使得山庄小户都沦为饥汉。

软琴秋叶似的叙述，让炕上的男人默声了。

天黑下来时，男人知道了这谷堆坪有个富户姓黄，不仅有几十亩山地，还是大院家宅，骡马车辆，长工短工，还开了油坊。只是黄财主舍命不舍财，每日鸡叫起床，吃上牛驴，跟长工一起下地劳作，不歇晌。不过，给他当长工能吃上蒸馍米汤。软琴知道炕上的男人叫李满堂，对面武工队的人，过河来要做一件事，这件事，软琴不能够满足。夜黑的时候霍长驴回来了，他到对岸给日本人送柴，说武工队的人稀松扯淡，拿着土枪抢日本人的粮库没等来得及装铁砂和火药，叫日本兵一阵子乱枪打散了，还丢下了几具尸体。

　　软琴看罢霍长驴看李满堂。霍长驴看李满堂又看软琴，想着，不会一天不在他们就弄下事吧？

　　李满堂挣扎着下炕，心情被什么呛着了，有一种渗透到骨髓里的阴冷，风从门外倒灌进来，盘旋在脚地上，盘旋着屋子里的热气。拐着腿往门外走，软琴使了个眼子，霍长驴扶着李满堂出了院。树叶间漏下斑驳的月光碎块，李满堂靠着土墙，浴着微凉的月光，一切敌人和仇人，吸血蚊子和风，担惊受怕，都暂时不能使他动弹。突然他抓紧了霍长驴的手，一瞬间话就开启了，像潮水一样地涌来，不可阻挡。

李满堂从河对岸冒着敌人的盘查来到河这边，武工队缺粮，他出门借粮，走到河边没躲过盘查被认出了。发现后他决定赌命跳河，落水刹那中了老皇的枪子，他坚持做一条鱼，潜入水底游过来，一个信念驱使，他居然活着，上岸前他有使命：没有粮食，战争不能继续。跳河时裤裆里原来是绑着一袋子光洋的，游到河心都散了。一开始还能感觉到光洋在腿脚的一伸一缩中滑溜溜痒，弄得像洞房花烛里的春事一样，只是来不及激扬，那一抹可人的温存就完成了短暂的永恒。一颗勇敢的心和强健的体魄，他不希望在挑战水时牺牲，牺牲在水里如同死在女人的身体上一样不够体面，他的死应该有更重要的意义出现。他见到河边捣衣的软琴，活下来，算是命大了，他感谢叫他活下来的人，他要报答恩人的时候不是现在。夜更加安静，树梢头似有生命一般，在头顶处起伏，为了粮食，那些和老皇换命的人全依赖我还活着。只有粮食能叫人吃饱肚子，吃饱肚子才敢生事，才敢和老皇换命，那是联系着无数人的苦乐，包括你们，人这一辈子最大的福气就是安居乐业。李满堂讲得断断续续，嗓子里像堵着一把柴草，因气力不够，需要停顿下来喝一口水。听的人一时委顿入泥，一时又像受了花粉的工蜂一般，瞪大双眼，透出怪异。打仗是要死人的，霍长驴稀罕他不怕死，不怕死的人和普通人有啥两样？不怕死的人就叫人佩服。战争是一个大窟窿，把不怕死的人填满。光阴转机，最后站在窟窿前笑的那个人就是胜利者，胜利者的脚下有敌人养着，只有胜利了，战友的骨头才会发芽。普通和不普通人的区别就是死决定一个人的价值时，不普通人什么都不怕。

霍长驴一下神圣了，就是说人不能像死猪一样活着，死猪一样囫囵无知地活着的人，固然离开了死神的魔障，可活着时骨头都不会发芽。

霍长驴知道，黄财主家有粮，可黄财主最喜光洋。软琴要霍长驴去黄财主家试试，看有没有活口借得到粮食。趁热打铁，灶膛里柴烧得正旺，软琴给了霍长驴一个眼神，霍长驴站起来提一下裤腰狠劲儿挽实裤带没回话，他就像软琴眼神里射出的箭，转眼就消失在了门外。

风如杀猪刀，刀刀挑着霍长驴的后脑勺。

他缩着身子走到前村黄财主家的大门口，黄财主的木门有肉案子那么厚，上面还包着铁叶子，两边是高大的风火墙，望一眼脖子都酸疼。举起手拍了几下铁门环，半天后，黄财主挑着灯笼，穿着油渍渍青布裤褂开了个门缝，眈见是霍长驴，也不大开门，只问："夜黑得对面不见脸，来做啥。"

霍长驴希望他把门开得大一些，黄财主抖着几根杂毛须，光亮照着他呲开嘴时镶了金的两颗门牙，人倔强地挤着身子不往大处开门。

霍长驴说："想找黄财主你张个嘴，借一些口粮。"

黄财主上下打量着霍长驴，浑身不值一块光洋。这年月大风吹不来粮食，没有多余的粮食往外借。

"你可有光洋？光洋是粮食的爹。"

"我是来借，借是不用光洋的。"

黄财主说："你是素菜落肚子，图个一脸舒爽是不是？"

不等霍长驴再回话，门重重闭上了。闭门时拍疼了黄财主的手，"哎哟！"

之后，安静得没有了下文。

霍长驴噘嘴吊脸往回走，泥路上四面透风，一地泥尘，风刮泥尘弥漫着乡路。霍长驴躬着腰和泥尘较劲，走出老远后，黄财主家的狗蹿出来冲着他带走的影子吠了几下，他捡起地上一根干柴唬了一下狗，狗根本就不怕那根干柴。霍长驴扔下干柴弯腰捡起一块石头蛋子朝着狗抡过去，嘴里喊了一声："日你祖宗！"

狗站着不动，黄财主家的狗面对武器都敢站着不动，比他妈人还有定力。

霍长驴的肚鼓着和猪尿泡似的，边走边抠手心里的老茧，抠不动时拿嘴撕咬一下，也没啥疼的感觉。手心里的老茧是岁月积厚的，那狗要敢近前来他决定要用掌拍死它。路过黄财主的打谷场，场中央堆着隔年的谷草，经了一年风雨，黑污着。霍长驴怎么看都觉得那一堆谷草叫他难过，竖着耳朵听那风吹谷草的声音，单薄苦寒的日子，听那声音都觉得富贵。可那揪肠挂肚的黑影不是他霍长驴的，同村人拥肩靠膀一起过日子，他黄财主就发了。他黄财主有的霍长驴都有，穿衣比黄财主费布，穿鞋比黄财主费鞋，个子比黄财主大，身子比黄财主宽，也不少黄财主的稳重。四季的风热了他也知道脱衣，也知道和鸡啦狗啦的去树下纳凉，麦子抽穗扬花，野鸡咕咕作鸣，东南风和西北风都吹着这光景，田野绿，道路绿，河滩绿，山头绿，就连院子里也都被树荫所盖，炊烟袅袅，怎么人家就绿在自己的富贵梦里呢？为啥富贵偏不爱戴他呢？什么东西占据了他整个心，话没说完，粮没借上，两扇门一合严丝合缝，孤零零把他竖在了门外。更叫人火气旺盛的是放出狗来咬人，狗眼看人，心情好不敞亮。软琴回家又要数落自己，世事难料定，这能说这次借粮算个正常结局？那谷草开始扎眼，扎得霍长驴眼睛生疼，想流泪。立住脚后，心里就生出了一个坏主意，那主意直愣愣在眼前吊着，已经叫他身不由己了。

软琴在院墙上看街道，其实看什么都是黑，应该说是静听脚步声。院墙边立得久了腿有些酸软，扭身走进了茅厕。黑暗中软琴提了尿桶走出来，再看村街那条路，总是听不见伸过来的脚步响。

李满堂走出院子小声说："他可借得上粮食？"

软琴说："借不上。"

李满堂奇怪了，既然借不上叫他去做啥？李满堂
不解。

软琴说："光知道下力气的人得空就该叫他动动脑
子去。"

这事不经意间就把李满堂绊得打了个趔趄，都说庄
稼人简单，可他真是摸不住简单的脉。

他有些失落地坐在屋檐下，风刮得屋檐往下掉土，
不知道是喜悦还是悲苦。拖着一条病腿心态无比复杂地
看着软琴，对这个穷家，希望的苛刻程度早已超过了
失望。

突然地听到了脚步声，那声音争先恐后而来，他希
望失望不要来得太快。虽然失望拦也拦不住，可那脚步
声让他手忙脚乱了。他立起来想躲避，与迎面过来的霍

长驴撞了个满怀。入了院子里，霍长驴抱住较小的李满堂像猫儿假寐一样眯着眼看。

霍长驴小声说："粮没有借上可我烧了他的谷场。"

惊讶得软琴张大了嘴。

身后不远处红光一片，谷草抓住了风的势头，冲天而起。嘈杂声一时糊了软琴的脑子，半天忽然清醒，手里的尿桶递给霍长驴，叫他赶快往场上跑，去黄财主跟前，叫黄财主看见你脸上的急迫，还有你手里的尿桶，你还得在谷堆坪活人，想活人就不能叫人知道你做下了蠢事情。

霍长驴挤在往前涌动的人群里，许多人紧赶慢赶走，听不清周围的人在说什么话。走到场上，看到火苗下被火映红脸的黄财主，黑罩衣深锁着的冷峻让霍长驴一直以来望而生畏。周围的人都在吵，他不吵，一脸黑。

霍长驴在心里攒着劲儿装着蒜，没事一样立到黄财主的对面，尿桶很显眼地放在明亮处的脚下。谷草燃爆的草灰蜜蜂一样乱飞。黄财主不看霍长驴，扭转身挑着灯笼走了。霍长驴突然觉得自己的胆量很有限，如果没有软琴指点，单独做事一定要和体力挂钩，黄财主一走，他手心里的茧子开始痒，想去提几桶水扑灭这火，他天生是来世间受苦累来了，心肠生不得半点疑病，一生疑病就想被人奴役。霍长驴中魔怔了，他摸黑到河里提水。站在河边长长的条石上，脚旁河水中突显出一轮月明，桶探进去时，月明碎了，碎成无数条小鱼，鱼儿像黄财主白他的眼睛，也不像，更像软琴埋怨的眼神。

踏着月光提水泼在场上，水泛滥得满地流淌，淹没了谷草最后的火苗。

黑了。村里的人觉得霍长驴怪好心眼的，有人就去给黄财主报信，霍长驴在黄财主的心里生了几分温暖。最后的青烟缭绕着霍长驴的状态、情绪和行动，更为难过的是，一切难过都走在他的脸前头了，难的是山重水复的绵绵无期。

霍长驴救火回屋后，看着软琴笑，看着李满堂笑，觉得自己不是霍长驴了，是个看不见的神，心里就像擦亮了一根火柴。

软琴说："睡！"夫妻俩睡在李满堂对面的炕上，对面炕上的李满堂盯着对面炕上的人，一时清醒过来的李满堂突然叫霍长驴做下的事情弄得很不舒服。霍长驴盯着落空空的屋子里和对面炕上的陌生人，觉得好端端的日子被打破了，这日子长久不得啊。

对面炕的李满堂说："给你们添事了，可这事非添不可。"

李满堂怕这一睡，接下来的一天里霍长驴又会弄下啥事情来，人昏迷着万事皆安，眼一睁，事就要往出生事了。

软琴说："上门来你就是客。"

霍长驴应和："是哩，是哩，上门不欺客是句古话。"

被窝里软琴踹了霍长驴一下，霍长驴拽住软琴的脚在她脚心里挖抓了一把。

李满堂脸冲着深蓝暗影的窗户，窗外有什么东西爬行抓挠。

"除了黄财主之外，村上可还有财主？"

霍长驴说："村小庙小没生出那么多老爷。"

软琴说："就是。庙小神少，就黄家有粮。"

这下轮到霍长驴下手了，脚长到软琴的奶子上，就那么揉扒了一下，软琴在黑暗中神怡气舒地笑了。

李满堂脑海里过度激烈的矛盾斗争被这笑吓着了，不知道接下来的一天如何招架那扑面而来的光阴。

李满堂说："可以给他光洋，可惜的是我手边没有，我来打借条，一担谷子两个光洋。"

霍长驴被激得坐起来，这下子软琴重重地踹了他一下。

软琴说："要是有光洋哪用和人说好话。"

李满堂说："我可以打借条，我总归是要来还的。"

霍长驴说："横七竖八写几个字，就能借到粮？黄财主是人可不是蚊子。"

"啪"软琴给了霍长驴一个巴掌。

"总算把你打死了，再叫你在我耳根前嗡嗡。"

霍长驴出溜儿就躺下了，接着就进入了死猪的混沌无知中。

三

最先起床的是霍长驴，他端了一碗水在院子里磨镰。"呲呲呲"声音啃啮着李满堂的情绪。磨镰的霍长驴，脊背上耸起了力的隆包，他用拇指刮了刮刃，把碗里的水泼在地上，磨好的镰刀肘下一夹，他准备要出门去割草了。

黄财主家长工根宝推开柴门喊："霍长驴，你可在？

黄财主喊你去一下。"

软琴走出院盯着来人问:"黄财主开天眼了,喊霍长驴做啥?"

根宝小眼睛眯着说:"肯定是好事。"

软琴翻了一下眼睛示意霍长驴快走,屋子里可是藏着人呢。

这个时辰最活跃的是狗,黄财主家的狗在大门前直着蹄脚,分明闻着了生人味道,嘴里呼着声,霍长驴立下不动了。黄财主打开门,一股气势就出来了,狗的后腿一夹尾巴,整个身子都摇摆开。

黄财主一条腿把着门,手里捧着一只比头还大的碗,碗里盛着玉面黄疙瘩,碗上横担着一根腌萝卜,喝一口汤,吃一口疙瘩,咬一口萝卜:"你一身力,闲着可惜了,夜黑的事我看出你长了一副软心肠。隔岸皇军修碉堡,少劳力,你去,现在就去,管三餐饭,一天一个光洋。"

霍长驴惊讶得张开嘴。

黄财主说:"现在就跟了根宝走哇。"

霍长驴说:"我得回家和软琴道别一声,好事,老爷,这是天大的好事。"

黄财主一边合门一边说:"天生贱骨头,穷日子也没能熬败你贪老婆的性子。"

霍长驴还想说话,瞅见黄家的狗脑瓜上聚起一个疙瘩,耳朵直着,眼睛里要往出喷火,他把多余的话咽下走开了。

霍长驴拽了软琴飞速进了茅厕,霍长驴和软琴干骑在茅梁上,霍长驴和软琴说道开了。

软琴听了霍长驴说下的事,软琴不打底稿说:"买卖要做成生意了。拿光洋低价买黄财主的粮食,高价卖给李满堂。这中间弄好了赚一半,空手套狼,从现在起每天喝稀,省下钱咱就能置地了。"

霍长驴简直忍受不住软琴，在他眼里软琴没有任何毛病。

热爱和喜欢一下孪生于胸，下嘴片扯起来吹了一声口哨，立起身出了茅厕拽着根宝就走。软琴呼地蹿出来，跑过去跳起来拽走了霍长驴头上的手巾。"你可不敢在那歪塔下走啊！"

日本人修炮楼，炮楼修得像做绣花枕头一样，把石块砌得四棱见线。台阶有一百个上下，修炮楼的民工从平地上搬石头，背泥包。霍长驴不怕出力，只要有一口饭吃，一步迈出来能踩一百斤重的力。

日本人脸上笑眯眯看民工们上下穿梭，有时候也打瞌睡，民工们大气都不敢出。天黑得晚，日本人在账桌前算账，中指别着一支水笔，每个人背几趟他清楚得很。要发光洋了，突然又来了个日本人，看着民工们笑了，那笑喜形儿也冒着坏坏的意思。两个日本兵开始为

太行初曦 / 2003年 / 220cm×148cm

山·水之三 / 2015年 / 98cm×180cm

什么事打赌，两个人掏口袋，"扑哧扑哧"的光洋掉在地上。接着一个日本人从第十个台阶上往上放光洋，一个一个一个，放到最顶端，光洋不亮，眼睛不好使唤的有些距离还看不见。霍长驴看得见，眼睛好使唤，眼下他正缺光洋呢。民工都不动，霍长驴急急上前了一步，俗话说，急着挨刀子投胎呢。本来个子就高，往前一步，例外地高出民工们半截。日本兵穿着马靴嗒嗒嗒地走下来，不看旁的人就盯着霍长驴看。霍长驴被看得不好受了，脸别过看远处。这地方看法兴寺的歪塔，从半天空传递下来天明，把歪塔的琉璃、瓦脊，托塔武士和直竖的避雷铁针都覆盖了。那个塔立了多少年，该是什么都经历了，为啥最后倒时还要捎带一个戴帽的？捎带一个日本人好了。

"你！"

两根指头夹着一个光洋的手指着霍长驴。

"我！"

"你背着二百斤重的泥往上走，第十阶上有光洋，拣一个是你的，拣两个是你的，拣到最后都是你的。"

喜上眉梢的大幸福来了。一天干下来人累得骨软腿酸，一说光洋，三个不怕一个揍的蛮劲就来了。

那边厢伙夫抬着一口铁锅走来，民工们眼睛齐刷刷看那口锅，表情简直算得上肃穆。伙夫吹了一声哨子，民工们的喉结吃力而兴奋地跳动不止，付出了一下午的劳动，下午时长，肚子都饥过了。

"你的，要肚子，还是要光洋？"

霍长驴思想斗争开了。吃饭后生力气，但是，吃饱饭力气也容易发懒。他决定一鼓作气。

所有人都看霍长驴，给他空开一个圈，使他更显突出。有民工牵来一头二百斤重的驴，有人把驴蹄捆结实了，搁在霍长驴背上，也不算重，他的腰还上下闪了几闪。一双粗大毛糙的手越过肩膀拽着驴蹄。第十个台阶上，霍长驴弯腰捡起一个光洋装进了口袋，手抖了一下，是下意识激动。他想起黄财主说过的话：任何一种高兴都应该有所节制，否则就会叫人瞧不起，叫世间多生仇恨。二十个台阶上去后，他觉得口袋沉了，他停留一下喘了口气，他想着，一百个台阶少了，再要多出一百该多好。有一只鸟从头顶上飞过，鸟把黑扯了过来，鸟屎吧嗒掉在了驴头上，驴扭捏了一下，鸟也来凑热闹。鸟飞过地面上阴了几分。他想到，我每拣一块光洋，那些人心里都难过一回，可惜你们没那力气，也没我往前走一步的胆量！走上四十个台阶了，分明是光洋的诱惑在隆聚，他抬不直头，那蜿蜒而来的坡度一直排列在他脚前，胯骨头开始酸痛，胸口发闷，吁一口气，鸟的声音传入他的耳孔时显得尖锐。什么都不敢想，什么都不能想了，想是要消耗力气的。走！第六十个台阶了，出力太多，身子乏软，四肢僵硬，汗流如雨。他想到了软琴，拣一个光洋，眼皮翻一下白，软琴，你骂我一声我再拣一块。台阶下的人听见霍长驴喘得惊心动魄，身体不再是上下起伏了，立着还夹杂着瑟瑟发抖。走到第七十个台阶时，有人喊："霍长驴，你妈逼该收手了，你布袋里装了六十块光洋！"眼红首先是从中国人开始的。这时他想到了李满堂，不赚李满堂的钱，交待不了布袋里的光洋。憋足劲上，再上一个！哪知抬脚时血往上涌，弯腰时努力喊了一声"软琴"，一口血喷了出来人趴下了，一只手不忘举过头顶挖抓那块光洋，哪知两只眼睛啥都看不清楚了。霍长驴感到了无助和绝望，会死去吗？胃开始一弓一弓往上涌，眩晕使他很难立起来，他睁开眼睛时什么也看不见，身体开始萎了，这一横生的变故不是他想要的，他的力气可以证明他能扛起一头驴。

民工们没有蜂拥而上，他们觉得霍长驴发痛了，谁给了他本事拿走这么多光洋？有人迫切希望日本人搜走他布袋里的光洋才好。看两个日本兵，两张脸上不怀好意的笑，同时也怯住了那些想上去的人。血顺着台阶流下来，空旷的台阶上，阴暗处血是黑色的。

"呟西，赶快抬走！"

根宝喊了两个人跑上去，三个人抬下霍长驴，不知哪个找来一块拆下来的门板，四个人压腰叠肚把霍长驴抬回了谷堆坪。

软琴吓得心都要跳出来。眼巴巴看着七窍流血的霍长驴，战栗、喘息，然后是眼泪大把大把落下来。俯身望着日以继夜相伴的男人，她的手在他脸上一遍遍抚摸，想把心里生动的温存刻进他的骨头里。

霍长驴的脸上没有一点血色，出气微弱。血水吐了一脸盆，红旺旺的血，看着那血，一肚子伤心，伤心一来就没法控制了，软琴的哭声几欲气绝。为躲避来人藏在柴棚下的李满堂，也被这莫名其妙的悲痛击倒了。等人都走光了，他走进屋子看着炕上的霍长驴，他是一点奈何都没有了。软琴脱霍长驴的衣服时，布袋里六十个光洋出溜到了炕上。她已经从来人的嘴里知道了一切，面对这么多光洋时她还是像叫人打蒙了一样，不堪重负地摇晃了一下，跌坐在了脚地上。

李满堂面对炕上的光洋，不知道该看还是不该看，它是用一个人一生的力气换来的。这个人昏死在炕上。他对自己的未来不可预测，生存之路，万里迢迢，走下去才是尽头。他不能留在这个家里了，他欠下的债不能用光洋来兑算，这光洋他宁愿不要。这个家已经放不下他的欲望了，如果不走会给这个无辜的家带来更大的灾难。他决定走之前，跪下来抚摸着霍长驴的头，有些激动，这一辈子，这个家救了他的命，命只能有一次，他记在心里。

门开时夜晚的月明把一层微弱的白光涂在他的脚前，苍蝇过来过去飞，腿脚的影子折在脚底和炕墙处，如身后日子的断垣残壁。软琴的哭声穿过微弱的夜幕，撞在霍长驴的耳孔里，那声音撞得他几近死亡。霍长驴在慢慢苏醒。

软琴急忙上前拽住李满堂说:"你往哪去?"

朦胧的夜色中,李满堂说:"假如我活在世上,我会来谷堆坪看你们。我走之后,你赶快去请郎中,他的身体不能耗着就这样拖延,他是这个家的顶梁柱。"

软琴说:"你把光洋拿走吧,钱是开路先锋。眼下路死野地的人到处都是,你腿脚不利落,伤口一直不好,出门也难活下来。"

软琴对外面的世界不知,她记事起世道就不安稳。她出生在山后叫枣岭的坡地上,不被外人知道,从岭头上嫁到谷堆坪,村子不大三十来户人,可比枣岭大,她认为这一生享大福了。一个女人的福气就是嫁一个长满力气的男人。李满堂这几天给她讲外面的世界,她虽然不明白,但是肯定有个道理在里边藏着。风刮起来,西天边上有半个月牙照着。

软琴想,不拿光洋就不拿吧,他去哪里都能活下来，他是有本事的人。

炕上的霍长驴差一时就要说话了，"啊——拿——"话说完眼睛睁开了，像两个枣子一样血红。软琴俯过来，"你醒了，我说你不要从那歪塔下走过，你就是不听我的话，我就怕你活不过来，丢下我在霍家守寡，寡妇门前是非多，我哪里能活成一个正经人！你看着我手指的地方，你可看得见对面的人？"霍长驴使着劲摇摇头。想抬手指什么，他是连二两力气都没有了。再问就默声了。软琴喂了他两口水，他的脸像烟熏了一样蜡黄。

软琴从灶火旁的柴堆里掏出那六十一块光洋，用烂布包好，麻绳缠了又缠，沉得坠手。软琴很慎重地立在李满堂跟前。"他方才想说话，就是叫你拿走，眼下秋粮下来了，黄财主家有粮食，你拿光洋去买，我原想着一担谷子两个光洋，想赚下你的钱买地，人不能长了歪心，老天爷是要报应的，这就是现世报啊。你拿着去买粮食，河那边的兄弟们嘴多，用你的话说，嘴不多养不成队伍。我长这么大没见过光洋是个啥东西，见着了满足了焦渴，够了。咱不走夜路，天亮前出门，黄财主五更天就要下地，出门往南走，高楼大院，见人打听着，管保你能找着他。"

李满堂说："大哥都这样了，我再拿走用命换来的光洋，我还是人？我不拿，出门总归有活路。拿钱给大哥治病，钱是好东西啊，买得来世上一切。"

软琴不高兴了，叉着腰挡着李满堂说："霍家的命不够光洋的重量，有钱就生灾祸，人就败落了。你要记着这家人的好，你就拿着！"

看软琴的意思不拿是不可能了，一定要拿就得打个借条，空口无凭，见字为证。软琴找来一张糊窗纸，用刀裁下书页大，满屋找不到墨，软琴想到了锅黑，拿刀刮下一些添了水，凑合着拿筷子削了一支笔要李满堂写。

李满堂在纸上写下：

今有武工队队长李满堂借下谷堆坪村村民霍长驴光洋六十个，用于给武工队队员买及时口粮，今后只要是武工队队员路过此地见此纸条一定要善待霍长驴一家人。三个月后一定送还光洋。

立此借据人：武工队长李满堂

民国二十六年农历八月初一

李满堂咬破手指按下血印，说："我现在就叫你嫂子吧。嫂子，你和大哥的好李满堂记下了，今生无以为报，容留日后报答大哥恩情！夜黑好行事，兄弟我连夜告辞了！"

软琴送李满堂到村街上，指着远处的高影子，叫李满堂往那里走。软琴转身不回头往家走，心里有些酸楚，泥路上起了一阵子风，有什么东西占据了她的心，把她的心搅得乱乱的，泪哗哗开始流，月明周围有个风圈子，像天空张大的一个口，似乎要对着世人说些什么。软琴看到风圈子旁边有一朵云，在用心地飘，云遮挡了一下月明，那个风圈子就不见了。

李满堂给软琴空留一屋子梦想。风吹着院子外面的杨树，杨叶匍匐在整个村子的上空，风把不能继续向前的一切推涌着，该生长的生长，该败落的败落。风让自家的日子无辜被挤出了一件事，她不明白为什么这件事放在了自己身上，好好的一个霍长驴，像一个土堆一样叫这件事给削平了。

一张她读不出字的纸条，三个月后他来时已是冬天，冬天买下地正是施肥的季节。冬天他会来还钱吗？这张纸条莫名其妙地换走了她的光洋，这些光洋无端抽走了他汉子的力气，可村子里的人谁会知道背后的交易呢？

四

三个月的等待于软琴是长夜难眠，霍长驴拄着拐杖能下地了，腰脊处弓得像马鞍，他的眼睛什么也看不见，手摸索着门走到院子里。他很不适应当下的黑。

第一场雪下时，他坐在门墩上看天空，风灌满了他的裤管，霍长驴明显感觉到身体在变化，形体日渐变得空洞，身体出现了颤抖，眼睛什么都看不见时，心难受来了也会流泪。耳力也不如从前了。回忆使他感觉到自己短暂的俯拾充满了荣耀，偶尔笑一下，很短促的笑看上去很狼狈。

他和软琴说："李满堂说过了三个月后来还债？"

"谁说不是，有白纸黑字写着。"

"三个月过了呀。"

软琴说："等等吧，出门人会碰上坎坷，他活着总归要来，他死了那是咱上辈子欠下了债。"

夜静的时候，霍长驴困倦袭来，抽一袋旱烟，想用这种方式提神，抽着抽着觉得夜太静了，该有后代了，就想把夜弄出一些动静来，可他发现家伙不能使唤了。

他搂着软琴绵软的身体说："我怕不能给你施肥了，我要是一辈子不能施肥，你不能生养咱老来咋办？"

软琴说："你瞎扯，你是把力气用尽了，等还回咱的光洋我买精米细面养你。那不是啥好事，我能一辈子都不想，也能不叫你施肥，要不是为了生个娃。"

霍长驴说："你不是瞎说哩嘛，哪有不想的道理，是人，脑子里都长了多个想要的窟窿。"

两个人不再说话，夜越发静了，窗棂上有月明射进来，一只蝙蝠笨拙地吊在窗眉上，偶尔轻轻地晃动一下，或许是因为冷。软琴也看到了蝙蝠，小时候娘说，蝙蝠是由老鼠变成的，因为老鼠偷吃了盐，它的身体里便生出了一对翅膀。夜行夜归，无来由地想到了李满堂，他和蝙蝠一样，会在某个夜晚回到这里，她坚信他活着。

身体中逝去的时光略略沉重，这一夜，软琴梦见自己长了一对蝙蝠的翅膀，借助飞翔的特殊功能，她飞呀飞，飞到对岸，看见歪塔下走过一个戴帽的人，她急忙俯冲而下伸出手去，她喊了一声"李满堂"，一下子那个身影碎了。惊得她出了一身汗，醒来时看窗眉上，那只蝙蝠还吊着。不可名状的难过一下袭来，伸手抚摸了一下霍长驴，人睡得实，由不得又摸了一下他的裆，施肥的家伙软塌塌的。

村里的人知道霍长驴发了，却不见他的日子有啥起色。走过路过，人眼睛里就长了无数根针。软琴心里难过得想哭，有话说不得。走上山垴，草丛静悄悄的，没有烈日下的鼓噪。几只体格很大的蚂蚱跳过草尖，一只麻雀无声地飞进了微亮的晨光。河对岸的那座歪塔依然耸立着，谁是那个戴帽的人呢？李满堂的脸似乎在她心里已经模糊了，她有些时候觉得日子里从来就没有发生过这事情，一定是自己想象出来的事情。她看着霍长驴的样子想哭，哭就哭吧。泪哗哗儿下来了，清鼻涕流着，哭哭心里似乎要好受些。边哭边联想到从今以后残缺不全的日子，怎么办呀？她的哭一下就嘹亮了起来。哭到痛处，心抖着能把肠子抖撒散了。

山坡下一个人影走上来，软琴突然悟得了，任何一种感情都得有所节制，否则就会叫人耻笑，叫人瞧不起。那个上山的人是软琴爹，翻山来和软琴借光洋来了，她弟弟要娶妻，想置二亩地。软琴不能平静。说不得的苦。

软琴告诉爹，世上的事跟穷人是有距离的，不该得的东西转手就失了。这句话竟然惹怒了爹，随手就拍过来一巴掌。软琴跌坐在地里，爹的眼睛不依不饶地盯着软琴，那眼睛里没有一丝做爹的仁慈和疼爱。

软琴爹说："我的耳朵听到你说出这样的话我感到害臊，你和你弟弟一奶养大，抓屎抓尿指望你长大了有个帮衬，哪想光洋糊了你的心，老天爷是睁了眼啊，活该叫霍长驴得了光洋瞎了眼！"

爹说的话和仇家说的话多么一样。软琴没有办法搭话，是因为她找不到搭话的话。天地给人一份安详和高古，一个季节接着一个季节，情意绵长的季节走走来来，别了吧，软琴想把往事散尽。

霍长驴是赶庙会押宝中了红彩了，可他福薄，福薄之人命里都是给他人受，天生受材，得了便宜守不住叫人取走了。说啥话软琴心里也想不明白，天天儿想不明白天天儿想。饱一天饿一天日子越来越不如从前了，软琴的嘴从前当指挥，霍长驴如今无力听从了，少不了过日子开开玩笑，说着话忽又一个人就感慨了，言说这日子不能就这样过下去，不能老想从前的事，霍长驴不是从前的霍长驴了，从前的季节还照旧，计较从前没啥用处。

软琴大胆把发生在自己身上的事情和爹说，从前的那些事情都是世人眼花了，哪里有过光洋，那是一个寓言故事呢。

"啪"一声，一个巴掌甩过来，"胳膊腿往外拐的东西，早知道你长了一颗武艺人的杀心，打小就不该叫你活成人！"

爹抬腿，囔哒囔哒走了，灰尘从脚后跟扬起来，悬浮着糊了软琴的眼，软琴僵着脸像封冻的泥，俯身在地里，抓一把土捏在手心里搓，把土搓碎了，放进嘴里嚼。地长出了粮食，长出了双亲，长出了身体，长出的欲望刀子一样割人。

爹走后，太阳升高了，昆虫开始聒噪，一浪一浪跌宕起伏。软琴不哭了，满嘴嚼那泥腥臭。

根宝拦在软琴下地回家的路口。"你家的玉茭给我几穗吧，有那么多的光洋藏着，舍不得自己花，也舍不得花给亲戚。你学成那样做啥乜。"

软琴叫根宝走开，根宝不走开，看四下无人就想调戏软琴。软琴不想和人生气，气来了软琴不怕，两个人在庄稼地里打架，一男一女闹腾，根宝不是软琴的对手。

不等秋下来，借米借面的开始上门了。软琴说，是不是做了一个梦？霍长驴在寒凉的秋风里，流着稀稀的鼻涕，神情木然，努力睁开眼想照见什么，却是什么也照不见。接着操起门前的扁担抡下呼呼的风声，跌落在地上的响干瘪而实闷。

软琴抱住霍长驴的后腰，"你也是想好来呀，想好不得好，还得往下走啊，好死不如赖活，睁着眼总还有个盼头。"

软琴哥哥来找软琴借钱，也是为了弟弟娶亲。软琴在炕头上转着纺锤，好像把有过光洋的事忘了。

软琴说："我要有光洋，我舍得叫霍长驴瞎在世上不给他照病。我得了光洋的事，是霍长驴一生里一个笑话。我欠下弟弟情分，就当我是娘家的一个白眼狼。"得光洋的事，软琴永都不敢往深里想。

哥哥指着软琴的鼻子开始骂："你哪是吃奶水长大的，我看你是吃屎尿长大的，人都有心肠，你的心肠叫狼挖了，你一肚坏水，怪不得你不生养，老天爷活该叫你霍家断子绝孙！"

霍长驴看不见来人，抢着杨木拐杖，寻着人声打过去。软琴不生气，跳下炕往灶间里填把柴草，烟雾一团一团从她身边飘过，她连风都不去扇一下。烟雾锁住了屋子，锁住了远方。她要给娘家哥哥做碗面吃，哪有上门不吃饭的亲人。

哥哥摔下门留下一口唾沫走了。

霍长驴立在地上说："软琴，我死了你嫁人，趁着能生养你也做回娘。"

软琴头也不抬地说:"如果你死了,这个世上能叫我活下去的人,除了你,也就剩那张借据了。我对那借据不抱希望,那个走夜的人生死未卜。我想好了,人活在世上不能怨天也不能怨地,咱命不该见财,不是你的,得了就是场灾难,天生是瞎子的人都知道在世上活着要找一个瞎子营生,你有过眼,是睁眼瞎,你想好了,也去跟人学说书,学拉胡胡二把,只要能活下来咱不去怨那从前。"

霍长驴嘤嘤的开始哭。面对岁月怎能不哭出点声,发泄丧失的痛苦呢。软琴舀出一马瓢开水倒在旁边的脸盆里,那里面放着榆树皮渣,她往锅里下了面糊,用木勺搅动,等火候小下来时,面糊筋道得搅起来都显吃力。软琴用面糊和榆皮揉和在一起罩住脸盆的底子一下一下轻轻捶打,捶打瓷实了晒到日头下。软琴望着远处,旷野上的风,山岭上的云,不见那个她熟悉的身影。世上的好事总是跟人有一段距离。一个人会老,而一个不如人的东西却不会老，就算是老了也要比一个人衰老得慢得多。她回屋里从炕上的席片下取出那张借据，因了冬天烧炕，纸张有些发黄了，可不是嘛，活着调调转转就三年了。

干透的榆树皮做下的针线簸箩轻轻一磕下来了。软琴从街上捡来一些宣传解放的传单糊住针线簸箩上那些发红的榆树皮。糊好的针线簸箩花花绿绿的煞是好看。软琴迟疑了一下，掀起席片取出那张借据糊了面糊贴进了针线簸箩中央。做这些时候，软琴的心情就像岁月流过对面的缓坡，从容而满含柔情。

一九四六年冬天，谷堆坪村遭了响马打劫，响马来时，黄财主家的狗叫得满街道人心恐慌。黑漆漆的夜，一些穷人家的小孩子早早的把头钻到破被下不敢出声。有些胆大的后生躲在茅厕偷着等看响马的样子。知道响马要来，目标肯定是黄财主家。只见提了鬼头大刀的响马，刀抄在手中直奔黄财主家的院子而去。不到半个时辰，有人看见响马从黄财主家的院子里牵着一头大黑驴出来了，驴脊一左一右有一个褡裢，沉沉的，走起路来偶尔颠一下，能听到响，有人猜是光洋。响马来谷堆坪，看似来抢劫，走时倒像似和黄财主联上了亲戚。不知为什么，响马走到村口又返了回来。走到霍长驴的屋子跟前停下了。往常，响马是不抢老百姓的，穷人的日子，耗子的尾巴，能有多少血水。田无一垄地无一倾，可偏偏听说霍长驴和日本人打赌赚了光洋，他们来也是想见识一下霍长驴这个人。英雄见英雄嘛，算是路过拜个兄弟。哪知见了霍长驴才发现是个瞎子。软琴吓得躲在墙脚下不吭声，霍长驴装大，愤怒地呵斥响马，说自己有武工队的人做后盾。不听这话还罢了，听下这话，其中一个响马吹了声口哨，翻箱倒柜抖落了个底朝天，半个光洋都没有找见。审问了半天，折腾到天亮才知道光洋叫武工队的人借走了。响马很纳闷，穷成这样子还把到手的东西借走？又纳闷了一会儿，再吹一声口哨，人马风刮一样旋走了。

响马走后，软琴立在大门口恶声恶语的骂了几天。谷堆坪人想着，软琴骂响马，是霍长驴赢下的光洋叫响马裹走了。这样好哇，对他的嫉恨似乎又淡了些，甚至多了几分同情。

霍长驴开始学拉胡胡二把，学得吃力，他天生是下力气的人，岁月抽走了他的力气，他学得难过而悲伤。一段时间后也有点意思了，脚面上拴着一副鼓板，一边拉一边敲，睁着一双失明的眼睛，疙瘩布衣掩不住嶙峋的瘦骨。旋走声起，软琴听着好听。听着听着软琴笑了。霍长驴问："你笑什么哩了么？"软琴说："你要不是落了难哪里会学这等细活，人哪，不说天生是一块什么料，丢了的总会给你补偿。"霍长驴停下胡胡二把声说："人穷志短。活不下去了才能逼出一条路来。"

一个"逼"字让软琴流泪了。她再都不去想那张借据了，天下热闹而多情，那情字无端走来一回，就让自家日子出现了变故。世上的事毫无道理可讲的要多。软琴要霍长驴给自己说段书，她想听听书里故事是怎么往后延续的。

霍长驴坐在板凳上，举着胡胡二把先是来回扯了一下，试了一下弦，那沉重、苦涩、哀婉、悲恸的乐声就袭来了。过门有些长了，软琴不忍心打断。那可是自己嫁他时的霍长驴，那时候的日子清贫不绝望啊。他那一翻一翻的眼睛，无神了，身子抽得弯下来和他的瞎子师傅越来越像了。软琴的心胸任由那曲调揉揉，有什么触手可及的东西，又有些陌生却又似曾相识的底色铺排着。

老少爷们大娘嫂子姐

国正天心顺

官清民自安

妻和夫祸少

子孝父心宽

听我给你说一段，说一段二十四节气不简单。

正月里当然得过年

二月里是惊蛰

三月小满是春耕

四月立夏是小满

五月初六是芒种

六月里小麦上场

七月白露躲大暑

八月寒露是中秋

九月霜降缝棉袄

十月立冬送寒衣

寒冬腊月扫旧气

做人就得懂节气

不懂节气坟地选不来好脉气啊。

一个恍如隔世的人。

一阵小风从南墙根上吹过来，月光明晃晃地吊在门框上，漫天的星光正在自家的窗户上闪烁。软琴拉起霍长驴的手轻轻放在自己的心口上，那手重重的热热的，很是厚实。软琴看到霍长驴仰着个脸傻傻的笑，软琴心里酸酸的。你学得了这一手，咱就算出门讨饭也不发愁了。软琴脸上也展开了像开花馍馍一样的笑，霍长驴放下家伙，抱起软琴走到炕前，两个人倒在炕上说话，说啥说到兴头上两个人团成了蛋笑，笑得烂席片都呲呲的难过了。

五

似乎是一夜之间的事情，贫穷翻了身，黄财主叫人斗争了，田地和家产也叫人都分走了。

该划分成分时，有人提出霍长驴是富农。一般家庭哪个见过光洋，霍长驴拿过日本人的光洋，六十块光洋，那时可买得六十担米，那是五亩地的收成，民工亲眼见霍长驴装回了自己的家，现在活着的人里能够证明霍长驴的人是根宝。根宝说：我长这么大，见过最大一堆光洋就装在霍长驴的布袋里。

软琴想，自己咋也不该成分高。听说要给自己定富农成分，先是一怔，定定神说，苍天对我真是太好了。她搬了长凳子坐到农会，也就是黄财主的院子里不走。讨说法。院子里坐着黄财主的老婆们，一排排仨，八个子女，等待分配。霍长驴就软琴，无子女。家有三斗粮不忘填妻房，六十块光洋走世界去了，霍长驴房无一间地无一垄。软琴不惧，坐得实实在在。她是第一次见黄财主家的女眷，也都长得慈眉善目。只见那手白白胖胖，无辜地搭在膝盖上，还照得见指窝窝。日头把她们的脸照得红头花色，她们偶尔的四下张望一下，那睁大的眼睛仿佛被梦惊吓醒似的，急急的又都低下了头。软琴看到自己的手背麻刺刺的，手指也发糙。没有粗活细活长期磨炼，断然成不了这个样子。人家汉子是地主，分配个高成分还说得过去，有来历也长了那本事。霍长驴一个瞎子，不说那往事还罢，说那往事，眼睛一闭死的心都有。

软琴开始讨说法。亮瓦晴天，没墙没盖，她扯开了嗓子喊：你们心肠热啊，给霍长驴弄个富农帽子，不说那光洋还好，说起来从前你们可知霍长驴肩膀压了千金担。都知道他得了光洋，瞎了眼，富得流油了，惹得娘家人不上门了。可知那光洋旋风一样没有了啊。你们可记得那时的霍长驴，身板直溜，额高面长，悬胆鼻子，就因为那光洋，你们可知那挑事的人叫李满堂，他是打河里从对岸游过来的，他身上有股天不怕地不怕的狠劲，古语说，狼里头最狠的是绵狼，剑里头最快的是舌剑。马靠笼头栓，人靠武力管，他满嘴大道理，活活是靠一张嘴买走了我家那口子的心。信不信不由你们，反正和日本人打赌赢下的钱，都叫给了他，一夜之间那光洋长了腿脚叫他牵走了，我落下一张借条，他说不几天要来还，不几年都过来了，风一样不见消息。我等他还光洋来呀，等得来一个富农帽子，一辈子没有寸亩田地，你们好心肠的要给戴一顶富农帽子！你们可看得见霍长驴的模样，当年的壮汉落得说书人下场，我不怨你们，可这帽子霍长驴脖子没那功劳戴不动哇！

那个叫李满堂的人，可是省上哪个大领导？农会的人不信她的话，说书人家喜欢编故事，可他们忽略了霍长驴为啥子要学说书？当年的软琴也生得桃红花色弯眉杏眼，这日子熬得她黄皮寡瘦青筋暴突，除了长得一张满嘴跑舌头的好嘴，这日子过的要啥没有啥。如果真是家里藏有光洋，他们家现在还住着半间黑湿的土屋？除过最简陋的日用家具，整个屋内别无长物。干部们怕有啥闪失一定要软琴拿那借条来。

软琴取来针线簸箩要所有人看，周正地贴在针线簸箩当央的借条，于花花绿绿的宣传标语中间显得肃穆。谁也不能确定那个借条是真是假，最后"李满堂"仨字镇住了他们。这事比较棘手，不好落实，自上而下好说，自下而上是要犯规矩的。理智告诉谷堆坪的农会，软琴没有胆量编造如此惊人的假新闻，借条的可靠来源一定是一个和省上那个大领导一样名字的人写下的，不敢认可为事实，也不敢不认可为是事实。毕竟武工队是共产党领导的队伍。这也是共产党的天下。农会要求把针线簸箩留下，人可以离开，等所有的都落实清楚了再返还针线簸箩。软琴脑子反应快，拿走的光洋都没有见还回来，再把借条拿走，曾经有过的不就是一场梦吗。要人出人，人在针线簸箩在，软琴坚持。

初冬日头照着黄财主院子里的假山和石阶，这些霸占去了黄财主家半壁院子，黄财主的家眷们曾经在这样的院子里嬉笑逗耍，花红柳绿的季节，喧笑与穿梭的俏影该是多么魅人。如今，软琴和她们站在一个队伍里，消受不起这般富贵。软琴心有几分寒凉，以往最怕冬天来临，眼下，冬天来得好，冬天利索有劲，北风碰上山的肌肤就卷刃了。好哇，穷人该扬眉吐气了。看那些财主们的家眷过冬，分了他们的家产，分了他们的浮财，人就失了鲜活，那从头到脚嫩生生的人儿怎么往下活人。世道给勤快的下苦人好生生掉下了大馅饼。有人嚷嚷着说黄财主小老婆要叫根宝娶走了，世道唤醒了根宝身体里的安睡，也唤醒了他心里的那个甜头儿。根宝翻身了。听说根宝在自家的箱盖里敬供了一张共产党的牌位，初一十五燃着供香，根宝命好。就怕惊悲和欢喜不经耐活，根宝要好好守着了。

农会商量结果决定霍长驴取着针线簸箩和他们一起进县城，霍长驴是当事人。因霍长驴是瞎子，软琴是女人不可抛头露面，也不放心霍长驴自己带了针线簸箩进城，思来想去由了根宝陪着霍长驴。软琴回过头，看了一眼黄财主家的院子，一棵槐树，一棵柳树，干黄的叶子落下来，地上的蔓草卷曲了，见根宝撂翘着腿走近黄财主的小老婆，往她怀里扔了个什么东西，旁边的很不屑地掉转了一下屁股，黄财主的小老婆也忸怩了一下。往日，根宝见人弯腰哈头的样子突然的生愣硬倔了，居然梗着脖子训斥了黄财主家里人几句。根宝如今是鸟枪换炮了。软琴想，选根宝是选对了。黄财主一家人拢在一起的缘分就这样散了，三十年河东，三十年河西。钱财不是啥好东西，看到的这些都显现了财富最后的败像。

根宝唤霍长驴走时，软琴发现根宝走路的样子都变了，以前走路脚尖吃劲，人往前倾，现在是脚后跟吃劲了，肚子都有些挺。软琴安顿霍长驴，一定不能离开针线簸箩，那是穷人家的富贵命。

暖月 / 2010年 / 195cm×190cm

乞力马扎罗的雪·世界名山系列之四 / 2012年 / 200 cm × 200 cm

西北风裹着黄沙卷着干黄的树叶，两个人一路上走不快，三天后才进了县城。县里的领导见着了针线簸箩也说不清楚白面馍还是米面馍，总归涉及领导的名字得谨慎行事。既然这个名字和上边领导的名字是一样的，意思清楚不过了，谷堆坪再选一个富农了结了这桩事。霍长驴听说李满堂还活着，好啊，把我闪下，忘到脑门后，讨吃要饭我也要找他理论去。

根宝拉开架势说："世上叫根宝的人多不多？"

霍长驴翻着白眼应道："多。"

根宝挥着手说："知道叫根宝的人多，不是所有叫根宝的人都能讨上地主家的小老婆，对不？"

霍长驴疑惑了："这和讨财主家的小老婆有啥关系？"

根宝两手在空中挥舞着："叫根宝的人命不都一样，我是命好之人，你那个李满堂不一定是省上那个李领导，人家说了姑且背后有这么一回事，定你高成分的事就算了。你还不赶紧见好就收。"

长驴想不好，定成分的事算是一个了结，那借条的事呢？软琴没来，软琴能应下根宝的话。这事本来就不应该，什么叫"算了"？

两个人往回走。黄风从天尽头刮过来，把天地刮得浑浑噩噩，走到天黑时不见黄昏，刮得耳朵眼鼻孔头发茬都是细如粉末的尘土，走路时眼皮都抬不动。走进一个村子里两人决定住下。恰好这村子里也有一个说书人，同行相见分外亲。霍长驴拿过人家的胡胡二把嘴开始就痒了。以前说过的老书不能说，新社会说新书。村里人听说来了个说书人，都来看热闹，屋里屋外里三层外三层，娃娃叽哇乱叫在人腿下挤进挤出。不知谁搬来两个八仙椅要两个说书人一起坐，两个人一人一段开场了。

霍长驴拍打干净身上的土灰，净面净手，坐下时拉了一段胡胡二把，清了清嗓子先说一段帽儿。

马有催缰义狗有恋主情

众人是杆秤斤两自分明

节气不等苗岁月不扰人

香花引蜂来臭味招苍蝇

铁生锈则烂人生妒则败

自重人才重人轻是己轻

哪呀咳呼咳

天不言气高地不言土厚啊，

吃掉你世间多少人咿呀咳咳咳，多少人

这家瞎子接过胡胡二把东西一扎也开始了应帽儿。

人间事都是生前约好的啊

生死和苦喜都不经耐活啊

能赠给人的是福气千万不敢小家气

言归正传我说一段，说说世间不平歌：

受苦种地的家中无斗粮，

纺花织布的穿着破衣裳，

修房盖屋的住的土坯房，

深山刨药的得病不起床，

百姓千般苦富豪把福享，

世间千百年哪有公平讲，

来了共产党天地变了样，

瓜儿离不开秧孩儿离不开娘，

过上好时光感谢共产党！

书说到静夜，风住了，苍白的月儿在天空浮动着，一个是半路瞎，一个是生来瞎，两个人睡不着躺在炕上说话。说到月儿偏西，两个人的心都开始犯潮，眼睛发湿，听得对面炕上的根宝说梦话，高兴得笑一下哭一下。霍长驴说："没有共产党根宝去哪里娶老婆？他笑兔子吃了窝边草哩。时候不早了，闭眼睡吧。"

听得脚头儿的人说："哪里还有眼，黑墨黑墨的，天地罩着，就一口黑锅啊！"

六

一九六九年的十月份，虽然远未到生炉的时候，但早晨的驴粪蛋已经挂满了一层寒霜，没等上冻，霍长驴就开始咳嗽了，整夜的咳嗽，软琴披衣起床给霍长驴捣背，捣得夜躁了，什么鸟在屋檐下扑刺刺飞落。霍长驴粗重地扯着喉咙说："我快成一个没用的人了。"软琴不搭话，躺进被窝里，想一些过去的东西，过去的日子就像收割后遗留在土地里的茬和沙粒，都是土地不要了的东西，风把那些不要了的东西扬在了空中，随即不见了影踪。风真是个好东西，风不刮春不生，风把水吹成天上的云，把天上的云聚成一疙瘩雨，风把青苗梳理成秋收，让该生长的生长，该败落的败落。软琴说："人在这个世上是最没用的东西。"黎明前的黑静悄悄的。这个世道最大的事情是什么？每天都有大事，可每天就这样活过来了。根宝当了小队队长，脾气见长，拿谁都敢骂。软琴想这些时开始起床做早饭，她从墙角那个闷了一冬的咸菜罐子里，用筷子挑出几根咸菜放进一个断了耳的瓷杯里，霍长驴用铁丝拧了个圈在杯子的口沿上绾了拇指粗一个环，一老碗玉茭面疙瘩端给起床后坐在门墩上的霍长驴，那个瓷杯的铁丝环套在霍长驴的小拇指上，他吃一口就一口腌菜，虽然看不见，筷子的准确度往嘴里送时却是很熟练。

根宝从村街上吹着铁皮哨子走过，他叫醒社员们下地。软琴提了镰刀寻着哨声领着霍长驴去了。

有人说："夜天（昨天）割的那谷子地不是割完了吗？"

根宝说："你挣工分，分粮食，夜天割的是谷子，今儿割豆。农活有干完的时候？不想挣工分你就不要出工。"

霍长驴说："队长，我会好好看场。"

根宝说："霍瞎子，对头。"

原先叫"瞎子"还刺人心目，眼下习惯得冲着说话的声音能笑。那声音随着脚步声已经消失了。

霍长驴自言自语地说："村里缺谁都是不行的，包括我这个瞎子。"

软琴说："就像前方那堆土一样，弄走了是个坑，说不好就叫人摔上一跤，那人就会变成个瘸子。"

日子把软琴的心过得不好了。

软琴把霍长驴领到场上，她跟着一干老婆们下地割豆了。场是曾经黄财主的场，黄财主土改时被镇压了，黄家的福气都散了。鸟们在场上飞起飞落，霍长驴抡着探路棍子"呜叱"吆喝一声，鸟们楞楞飞走了。霍长驴寻着鸟的翅膀笑，他觉得鸟和人真是不一样，鸟长翅膀，始终没有顺着一条什么路走，村子里留出来的路都是叫人走的。人这一辈子有走不完的路。"呜叽"，这些鸟不知道是不是去年看场时见过的鸟？巴掌大的村子，你说不上会在什么地方碰见去年的东西，似乎都赶着劲在找你。那个叫李满堂的人是不是也在找自己呢？可谷堆坪这个村子没有动，木楔子一样定在大地上。鸟在霍长驴的吆喝中扬起落下，先是三五只，慢慢的聚集多了，一群鸟，它们似乎知道霍长驴是个瞎子，眼睛滴溜溜转着，它们不害怕这个人了，蹦蹦跳跳的啄食场上的豆子。

根宝挑着两捆豆荚回到场上时看见一大群鸟落在堆积的豆荚上，根宝吼了一嗓子："霍瞎子，我叫你看场来不是叫你来放鸟，今儿个五分工，你一分也别想挣到。"

霍长驴看不到根宝的脸，但那语气深深刺伤了他。

"我是为了中国革命做过贡献的人，按道理我该吃劳保！"

根宝扔下肩上的担子走近霍长驴。"我叫你这一辈子吃风屙屁！"

霍长驴不说话了，好像有什么短处，知道自己弱生在世上是一件非常无奈的事。他是人他也有抗拒，小声嘟囔了一句："你娶了地主小老婆，你也不是根红苗正。"说完这句话他站起来想躲开当下的情景。哪知根宝很恼火地冲着他走过来，推着他把他推倒在场上的豆荚堆里。

根宝走后霍长驴挣扎着起身，深秋的日头把一层红涂在他的身上，又把他的影子拉长在豆荚之外的空地上，这些他都看不见，他"嘿嘿嘿"地干笑，笑声透过秋收，撞在那些回到豆荚堆前的鸟们耳朵里，鸟们啄一下抬一下头，跳一下。霍长驴说："啄吧啄吧，把根宝的心肝都啄了去。"

再一次挑着豆荚走来的根宝看豆荚堆上的霍长驴，

仿佛卧在棉花被子里一样享受，鸟们围着他，他很舒坦。根宝气不打一处来，两捆豆荚扑通扑通照着霍长驴扔了过来。根宝开始骂："你还是以前的霍长驴吗？以前你敢跟日本人较劲，敢赢日本人的钱，就算瞎了眼，你也没失了性子，你看你现在，日子快熬死你了！"

霍长驴挣扎着爬起来努力摸索着走到场边上，以前的霍长驴能把根宝提起来像扔一捆谷穗一样扔出去多远，以前的根宝哪见有过性子，在黄财主跟前实在是像一头没有性子的驴。日子淘汰了人的性子，也长出了人的性子，什么东西长了人的胆子？人世间的道理如书中历史故事一样，人都是跟着奈何走，奈何也实在是一个不能叫人活着就明白的东西，它似一根线牵着人的魂儿，不见多大重量，人的魂儿就悠悠荡荡跟着走了。霍长驴歪着脑袋看，大概是日到中天的缘故，歪着的脸看上去很滑稽。一些社员挑着豆荚"沙沙沙"走来，那是豆荚欢快地跳动的声音，也是嘲笑霍长驴的声音。霍长驴挺起身子，用他那双瞎眼搜索了一遍场，然后明明白白冲着根宝的方向吼：

"根宝，我认你是队长你就是队长，我不认你是队长，你就是黄财主家的长工。我霍长驴眼瞎了，可我的老婆是原配，你食地富反坏的牙花，你给谁使性子哩？我告诉你，就凭那张六十块光洋的借条我能去公社告你，只要那个李满堂的人在上头做官，你在我跟前什么也不是，要不要扯住耳朵告诉你，我根本就不尿你！"

根宝听到滚雷在云彩深处炸响，身体都抖了一下，用劲挤了挤眼睛，睁开时发现日头明晃晃的。他走过去拽住霍长驴领口喊道："记住了，你不挣工分，一个工分都不给你。你拿那个叫李满堂的人说事，你知道不，他早就被打成右派了，死活不知，慢不说不是那个人，就算是那个人，他认识你是谁，你这样子，你就是一头骡子。人家的地都长的是庄稼，你的地里长的是蒿草。好地都叫你废了！"

社员们在场上四下里站着笑。仿佛突然走在长期生活的羊窑里而遭遇炫目光芒照射，霍长驴一下被摊晒在公众的目光下，他的眼睛一下一下翻着豆腐样的眼白，这是难以言齿的事，人声开始稀稀，认为霍长驴要爆发了。只见霍长驴扔下探路棍，伸出旱地一样宽大粗裂的手，他笑起来，扭曲了脸，接着两只手抡开照着自己的脸，"啪啪啪啪啪啪"打，空气中弥漫着血腥气，鼻子里，嘴里，鼻涕和血长长的挂在胸前。有人跑过来搂住霍长驴，有人看到根宝的脸，恐惧僵在脸上。霍长驴嚎了一声，一口血喷了出来，洇在场上泥地里黑墨一样。

根宝说："你这样作践自己还不如打我两下，你这做派？你把咱谷堆坪生产队的团结都糟蹋了。"

霍长驴喊："我不服你！我还了你了！"

根宝说："你不说话我还害怕你，你一说话，我也不尿你，告诉你，我心中无冷病，大胆吃西瓜，都看见了，他是自己作践他自己了！"

丝路晨风 / 2016年 / 200 cm × 200 cm

欧洲屋脊·世界名山系列之三 / 2012年 / 200cm×200cm

霍长驴挣扎着还要打自己。"我还够你，还你足足的！"

都想着软琴要和根宝闹事，软琴偏没有闹。听说了场上发生的一切，软琴像听旁人发生的事情一样，软琴说："人和牲口没有两样，肚里装了知恩的心，才有灵性！"

软琴不出工了，在屋子里伺候打肿脸的霍长驴。根宝反倒不能叫他们出工了，那哨声隔过软琴的屋子去吹。几日之后躺在炕上的霍长驴能下炕了，偶尔也在自家院门前晒晒日头，谷堆坪的人发现霍长驴的脸白得瘆人，白得像糊窗纸一样。走过的人嚷嚷着，霍长驴怕是活不成人了。

忽有一日，软琴拿包袱皮包着针线簸箩去上泊村找大队。这一辈子她没有走过长路，大队在河对岸。河对岸歪塔还立着，那下面是否走过戴帽子的人？反正那塔也没有倒下来。世间的事奇怪了，不能按人的预测行事。她最远就走到过眉河边上，这回她过了河走往对岸，一双解放了的小脚走了她大半天时间。这大半天的走给了她底气，再长的路都能走也不怕把路走长了。见着大队的人她掀开针线簸箩要干部们看，她说霍长驴是对国家有贡献的人，怎么说也得给个五保户。霍长驴一辈子命搭在这张借条上，国家不能不管对它有过贡献的人吧？国家要是真不管他，我就去公社打离婚，你们给我开证明，以后就叫小队养他，我也好找一个有力气的人把日月过下去。

　　谁也不能说那个借条的存在就是对国家有贡献的证明。软琴这辈子都在拿这借条说事，河两岸的人提起谷堆坪软琴两口子，有说不完的故事。软琴的事挂在别人的嘴上是一件不体面的事。一年四季和泥土摸爬滚打，话说回来，有多少体面的事叫人议论。屋漏遇雨，聚合在一起的人，长了嘴活该叫人家议。她勇敢地仰着脸和大队干部说，如果大队干部不解决这事她就往公社去，公社不解决她就往县上去，县上不解决她就往市里走。再要是解决不了，她就托人给毛主席写信。

干部们听软琴这一说想笑，毛主席在哪你都不知道，还写信。这明摆着胡搅蛮缠嘛。这事不合情理可也不敢含糊，女人认真了，仰仗着是个女人啥事都能做下。胡好叫她回去算了，虽然现在不盛行说书了，可以叫霍长驴到田间地头给社员们说快板，每天给他五分工。

大队队长说："你回吧，这也算是照顾你了，人该知足，古话说了，不怕儿晚，就怕寿短，为了那几个光洋，看看霍长驴失了多少零件。要不是你存留的这个借条，我实话和你讲，给日本人修碉堡，打赌拿日本人的光洋，合并在一起，土改都能镇压了你。你还因祸得福了呢。你不能得了便宜卖乖。回吧，就这么个决定。"

寻来的决定有些沮丧。一丝想笑又想哭的表情僵在软琴脸上，很难看。软琴说："霍家的香火在我这里断了，娘家人不上门了，抬头低头都是村里人的唾沫星子，我没什么怕的了。你们要不给霍长驴弄个五保户我就上访。破罐子破摔，事情已经把我推到了一条不知归途的路上，把脸丢在这个世上，叫人记住也是我前世修来的福分呢！"

大队干部面面相觑。两难之下告诉软琴，要她先回，五保户也不是大队说了算，往上报，得一些时日。软琴说："这像是干部说的话。我等，等不得时我自有办法！"

软琴走过歪塔，一阵风游走在她身后，她仰起脸看塔上的那些琉璃，都是当年信佛之人许愿定做下由匠人烧造贴上去的。软琴故意走过歪塔，她就想叫世人知道要是做下昧良心的事，走过塔倒下来好做自己的坟墓。风把一些残叶吹落在她头发上，抖落掉身上的叶片，长长地出了口气，这样，似乎心里好受一些。回过头时塔歪着纹丝不动。过了桥，走到眉河边上，她疑惑当年那个人是从哪里上岸的，眉河变化大，以前没有桥，学大寨修桥垫坝河岸都变样了。努力寻找着，一只手无意地按住了胸口，一天没有进水米，胃开始泛潮，同时她又觉得自己是一个可恶的人。当年的事她也是有过欲望的啊，如没有自己那些欲望，也就帮不下李满堂的忙。都是这欲望啊，让活的生路颠簸过来，没有个终点。站在河岸上，水里有她的倒影，斑驳、散淡、布满灰尘，身后的庄稼地，身后的山，记忆中发生过的事正在远去，什么都没有留下，假如再见到那个叫李满堂的人，她都不记得他的模样了，人是回不到从前的，那时候自己也不是水中这个样子啊。一生日子里居然还当了这世上的债主，一辈子不见人来还债。

又走了一程路，她想到了爹娘，爹娘走时娘家人没有告诉。她披麻戴孝走回娘家去吊孝。爹把她打出门外，她跪求爹见娘最后一面。爹无情地赶走了她。爹死时她去吊孝，打岭头上看见她下山，哥在村口挡住她，连村都不让进。世上的情义都是钱买来的啊，钱财彻底的把自己扔到娘家门外了。从未见过神灵的存在，但是因为爹娘，能来到这个世上该是早早约好了的事情呀，爹娘啊，想来这世间是有神灵的啊，怎么偏偏叫我来世上惹你们不高兴呢？要怎样才好叫你们知道，闺女的发财梦原本就是一场梦啊！软琴长长、轻声叫了一声"娘——"，生和死都来了，你死了，闺女我活着，我延续的可是你的命？我死了再没有人延续我的命了。这日子得一天天过，时节是大规律，我活在世上没有留下叫人称道的东西，娘死时都不愿见闺女一面，娘啊，活成人难啊！再难活我也得知足，我咋敢不知足呢？你看这秋风醒的多欢，娘活着时说，哭着来到这世上的，走时一定不哭，因了早一天离开早一天能去享福。娘还说，钱财这匹马，驾驭得了，它就载你上天入地，驾驭不了，一蹶子把你从马背上撂下来，命大的拣一条命，可终究日子不是日子，人不是人。

软琴回到家门口，听得霍长驴在拉胡胡二把。软琴抹了一把脸，试图要抹走尘世的悲伤，她大声说："我回来了，这世上的事啊，你要厉害他们就怕你，这回我就是要把'死难缠'的名声扬出去，咱的命不能是核桃，不能叫他们干部砸着吃。"

霍长驴的琴声断了一下，再起时完全就没有曲调了。

七

这一年年底，霍长驴成了五保户。

日子和以前一样往前走。

接下来是一个接一个的运动，家里的针线簸箩反倒成了软琴的护身符。时光如水，一去多年，那段记忆仍然清晰而又迷离，可是，好像许多人已经忘记了，有些时候甚至来不及想，日月就把人过陈旧了。

　　根宝越来越像农民干部了，披着外衣，走路背转手，别人都吃旱烟，根宝吸纸烟。两天不到就往公社去一趟，常常领了精神回来。一会儿说"深挖洞，广积粮"，一会又"卫星"上天。不管啥精神，根宝都能落实到家不走板。根宝从小队干部眼看要变成大队干部了，关键时候总有人提出根宝娶了个地主婆。根宝认为自己的运势不好，都赖这个女人。从一开始能娶上这样的老婆喜形于色到后来进进出出翻白眼，日子过得就显凌乱了。根宝的女人早早白了头发，水灵灵的一个人，一头杂毛，看上去似乎落了一层永远弹不掉的灰尘。软琴从她身边走过，搭讪几句话，对方的情绪总是显得惶惑。软琴想：也不过和天底下的妇女一样，平凡不奇。再想想，软琴还是觉得自己不如人家，人家给根宝生了一对儿女，自己呢？一对大奶子在胸前晃悠，却永远不能把奶穗放进一个娃娃的嘴里。

一个初春新雨初晴的午后，软琴领着霍长驴肩着锄头往山上的地里去。这是一个和过去完全不一样的时代。过去划成分划出的"地主""富农"，现在土地下放，人人都是地主了。过去的人那些思想就知道围着干部打转转，现在对干部都有抵触情绪。根宝从队长变成村长后认为，对村干部有情绪就是对国家有情绪。村干部是国家最小一级政府，也是最低国家领导人，直接管底层农民，是国家利益顶端最基层的一环。村里人假如对村干部还有好感，那是眼馋过去的集体生活。"农业学大寨"上劲的年月，大学大干促大变，喇叭在河滩的柳树上挂着，每天大伙听喇叭一拧一起上工，挖沟垒堰、挑土推车，一起吃饭，一起下工，心里从不想以后怎么往下活，每天都信心满怀。你看现在的人，一副老大不尿老二的样子，不光主动和人家说话还得递烟，村干部没有一点自豪感。土地下户后根宝心里一直不痛快，终生务农，生死都在那几亩田垄之间，指挥惯社员了，一下寂寞得自己站在自己的地里还有些不适应。根宝想，我为啥不能像霍长驴那样对世人喊一嗓子——我根宝是对土地做过贡献的。想到这里根宝就想笑，生活挺有戏的，就像现在的电视一样，坐在家里，一小时就能享受城里人一生挣工资的故事。

软琴两口子和根宝打了个照面，都老了，一辈子卑微得如蝼蚁一般。

"下地？"

"下地。"

搭话的是软琴。霍长驴耳背了，听什么东西都听得是蜜蜂乱飞声。

走过后根宝突然想到五保户都发放了电视，不知软琴安装了没有。返转身说："你那电视可装好了？"

软琴停下脚步再一次回头看根宝，"装好了。都是新时代新社会好啊。"

根宝一辈子认为自己是个政治人物，喜欢听政治腔调的话，这句话由软琴这么个人说出来让根宝兴奋了。

"是国家发达了，你看，就那么个铁壳壳，装下了农作物啥时播种，啥时施肥，啥时病虫害。中央有啥富民政策了，外国都乱得天天打仗了，我们的国家还给我们的五保户发电视。你想看啥拧啥台，时代好就好在能坐着旅游看世界。"

软琴不听根宝的话走了。根宝有点儿失落，话兴才起，现在的农民都不听干部的话，把干部说过的话当耳旁风。转头一想，电视不是什么好东西，迟早要把农民教坏了。

软琴在地里摘北瓜，把那些长出来的荒花儿摘掉，把地里的杂草拔净，用小勾锄在瓜秧下伏起土堆确保足够的养分。霍长驴在地外的石头上打瞌睡，一开始打呼噜，打着打着就断了，伸一下脖子抬高了打一声颤，勾下头停半天不见声。这年纪的人就剩下吃睡了，吃不进肚里睡不好觉，人就没了。软琴在地头坐下来，摘了两个北瓜，把摘下的那些嫩瓜秧也放进篮子里，午饭好炒菜。现在的日子好呀，舍得下苦力想啥能吃啥。天不会为谁白一次，也不会为谁黑一次，一个人来到世上过一辈子，黑天白日说长可是真长，说短也是真短。该好活了，人却老了。人老了真不好。日月虽然从中夺走了很多东西，但也从生活中得来很多东西，老百姓的日子图啥？就图好好活着不重复过去。不管怎说能见到现在的世道该知足了。软琴歇好后扶着地边的小树往起站，腿歇得酸软麻困，她"哎呦哎呦"叫了两声，看见霍长驴还在睡，一觉睡了一上午。用树枝挡好菜地，怕鸡们寻进去糟蹋了菜。软琴叫霍长驴起身走，霍长驴不动。软琴发现不对劲，急忙去摸霍长驴的手，那手冰凉冰冷的。再摸鼻下，鼻下没一丝气息。

软琴抬手狠命照霍长驴的脸打了一个巴掌，"你不言语一声就走了！"

中午阳光正烈的时候，霍长驴的尸体抬回了院子里，软琴没有泪，霍长驴和她的缘分尽了。他的死让软琴看到了自己，软琴一个人躲在屋子里哭时是哭自己，不久的将来软琴也会躺在院子的地上，四周都是说笑的人，谁会为一个死人去悲伤。她不哭的原因还有，在该哭的时候她得强装坚强。世上的人都是笑贫不笑强。村干部都来了，人由村里打发。软琴在屋子里准备一些铜钱大的鬼饼，死鬼走往投生的路上要遇到许多野鬼冤魂拦路，软琴多和了面，鬼饼路上发放得多。霍长驴在院子里静静躺着，四下没有哭声。一些苍蝇飞着，有几只麻雀落在茅厕墙上探头探脑。地上摆放着几个馍馍，几个面包，三炷长香缭绕着青烟。软琴把打好的鬼饼用线绳串成项链，叫阴阳套在霍长驴脖子上。软琴看到院子里堆着可怕的静，静像一堵墙。这个屋子里是死了人了啊，死的人是这屋子里的汉子，这院子里听不见哭声，能说是屋子里死了人？软琴拍了一下身上的土灰去找村委会。

谷堆坪旧俗，若是死者无人哭送上路，则会化作厉鬼叨扰全村没成人的小辈。霍长驴没有后人，软琴不能哭，总得有人哭吧？根宝说，没人哭不怕，河对岸上泊村有靠哭丧赚钱的人。

上泊村经营这项营生的有三个女人：王排常、郭润香、韩秀枝。这三个女人替人哭丧。因为守寡或家境窘迫不得已而为之的营生，做到现在县里都挂上名了。三个人的嗓子好，哭起来有和声效果，她们在上泊村展露出来的才干，使得一些家有儿女的都不得不在她们的出现中偃旗息鼓。

三个女人一身素服，神情肃穆庄重地来到霍长驴家。软琴在屋子里收拾霍长驴活着时的穿戴，继而收拾生前的日常用品，被褥、衣裤、鞋袜和用过的不再有人稀罕的物件，都要在霍长驴往生的路上烧掉。她收拾完生前穿过的，开始收拾生前用过的。一件一件扔到了门外。软琴拿过那个针线簸箩来，这一生就因为针线簸箩里的那张条子，人活得失了面子，本来一生都是两手空空的人，从来不想也不敢借债，有了它一辈子还啊还的，直到把肉身还给了它，要它还有什么用处呢！软琴把针线簸箩飞出了门外的地上，它滚到了人群里。

哭妇们坐在葬棚子下有说有笑，这时候来了很多人，大都是来看稀罕听她们的哭。于往日不一样处是她们都带了麦克风，像在舞台上呵腔一样，嗓子一亮人鬼同悲。

啊呀哩，老汉呀，说走就走不回头。天下的心再都没有你梆梆硬哩！

啊呀哩，老汉呀，谷堆坪的好人都叫你占哩，你这一走咋舍得把我丢下哩。

啊呀哩，老汉呀，天生百姓地生虫。忘川桥一过还记得我软琴是谁哩。

三个人的哭声呼天抢地、声嘶力竭。霍长驴在哭声中开始装棺，软琴哭了一声，更像是肚子里拧了一疙瘩气冒了出来，没有哭透，憋得久了不哭那一声人都要憋过去似的，软琴喊：

"老汉呀！忘情水喝下两难想！"

这一声喊嘶声裂肺，抽丝拔茧，能把霍长驴从棺材里拽起来。棺材盖钉进子孙钉后，所有人明白霍长驴到底是走了。

看客里多了一拨来考察对岸歪塔的文化人，他们寻着这边有人下葬，又听说有哭妇送丧，稀罕得寻了来看。有一个叫李宏伟的看客随手从地上捡起了那个针线簸箩，他好奇地看解放时贴上的传单，同时看到了那张借条。字迹有些模糊了，唯那个在名字上按下的血手印阳光下显得醒目。李宏伟看软琴，软琴的脸颊浮肿着，曾经也许有过几分姿色，如今她的脸被愁容锁着，升起

秋光揽胜图 / 2016年 / 90cm×180cm

擎天破晓 / 2017年 / 68 cm × 136 cm

的烟气缭绕着她整个身体，孤零零的一个老态龙钟的女人。

李宏伟得着空隙走近软琴，他说想买走她这个针线簸箩。软琴说，喜欢它就拿走，我还怕难烧，想着要掰烂了烧，你拿走吧。李宏伟还想放钱。软琴生气了，夺了回来说，不叫你拿了。李宏伟说，好好好，大娘，我不提出钱的事还不行？软琴笑着递给了他。那笑容永远定格在李宏伟心里了。他认为软琴的笑是天底下最美丽的笑。

生不穿一件衣，死不含一口饭，能挑二百不挑一百八，站着活人不难缠，坐着人死不怨天。掉转身子没有你，两脚蹬空不挨你，两眼一睁不见你，你走我活罪过哩，我跟你一起去啊，黄泉路上歇歇脚，稍稍等等你的妻！

哭声中四条汉子抬起棺材闷喝一声："起！"

软琴巴巴的看着棺材装了霍长驴走出了她的视野。

空了。风声、树叶声、鸟鸣声，就是没有脚步声。

软琴厌着耳朵听村庄上空的喧闹，要说一辈子软琴也是一个老辣世故胆大心硬的人，院子里空了的时候心里的那个软偏偏就来了，是不是我一辈子心硬，老天看不惯规整我呀？软琴洒水扫院子，院边上开着南瓜花，她把荒花儿摘掉，叫了两声"咕咕咕"，扔给了朝她走来的鸡们。掉了一下身，软琴就忘记霍长驴走了，冲着屋子里喊，"出来晒晒太阳呀！"马上，软琴就又明白霍长驴走了。人老了记性真不好。

八

黑了。

夜黑下来了。

软琴早早就上了炕。躺下闭上眼睛，忽又睁开了。一些声音潜伏在窗外稍稍远一些的暗处，软琴坐起身拍了拍窗户，想和那些声音打个招呼。躺下后来自身体深处闷闷的隐痛来了。她咳嗽了两声，什么也没有咳出来，比较一个白天，夜里要难活些。屋子里、炕上的空肆无忌惮地威力起来，眼睁睁看着月明亮汪汪地照着窗户纸，一会儿云彩走过挡住了月明，暗铺过来。软琴的泪来了，和自己睡炕的人走了。摸摸炕边上那块空着的地方冷灰灰的。霍长驴呀，你去了一个什么地方？那个地方你可见着我爹我娘了？一个女婿半个儿，见着我爹娘了你得给他们个好脸儿，先磕头，礼多人不怪。这一世的苦你带不走，连着你活着时的长相，你还和从前一样是个全人。你一路上缺啥少啥了，托梦给我，我买了纸钱烧给你。你不是人了，是鬼，鬼在世上无所不能。人看不见你，你看得见人，看着我下地跌倒了扶我一下，那些小块块地里长下的蔬菜，你不能和我搭伴儿了，闲下时，你记着替我去吓唬吓唬那些鸡。撞见我在时你化了风在我跟前打个旋子，我好和你说说话。霍长驴呀，我说这些你可听得见？四下八方你朝哪里走了？咱俩一辈子，也只有你知道，我是一个心气过盛的女人，世上没有能把我难住的事，你这一走我难下了。你招呼不打，绝情无义走了。屈辱悲愤跟着你都受过了，该有的没有不该有的都来了。说这些有什么用啊，你现在正往投生的路上去，咋说我都得安顿你几句。一路上过山搭岭，野山野岭的山沟沟里穷人家多，瞅见那屋顶上冒青烟的人家，那可都是穷苦人家，路过人家门前，千万不要撞落了门口竖着的镢头，搭在院子里半空上的绳子你小心别扯下了人家晒上去的衣裳，千万不可因小失大惊扰了贫家女人肚子里的胎气，人家出世的娃没来得及续上前世的生灵，急急慌慌半路拽了你的鬼魂，你投错胎呀，转生还是活在穷人家。一世你还没有活够吗！翻了山越了岭，照见明晃晃的灯光你快快飞过去，那是富贵人家呀。贴着人家的窗户你要闭住气，不能起风带尘，要知道那些往生路上的孤魂野鬼都在富贵人家的窗户前贴着呢，你守着的东西它们也守着，无数个鬼魂等候着投生富贵人家，你的响动会惊扰它们的耳朵，你的气息粗重，这时候你得闭着。只有让其他东西听不到你一丝声息，你才能听到他们说的话想的事。遇见那些个畜生们，你远远躲开，它们的命薄得像一张纸，遇见它们你把心跳声都得捂住，捂死在心口，转世成它们，一辈子受死都不会说一句话，不会说话怎么能逃脱了人的手心。

慢慢地，软琴说不动了，疲惫了，对着炕上的空说了几夜的话，她像落在炕上的一块破抹布，有气无力。

外面开始有人畜的走动声，苍蝇拍翅、蚊子蹬腿她也懒得分辨。一些湿气轻轻地漂浮在软琴的枕头周围，迷迷糊糊中似乎是霍长驴来了，又似乎梦把自己割开了一个口子，在另外一个世界走着她自己。窈窕年少的身段，她走过歪塔下，心开始通明，她顺着台阶，从下到上，一层层不厌其烦走，方寸之间，造设无数，四下里她看得眼花缭乱。她伸出手，有人在她手心里写下两个字，软琴不识字，由青丝而银霜，心里什么都清楚，可就是不识字。有人说是"天下"二字。她走到塔顶，凉风四来，爽气灌顶，"天下"？从塔顶上看眉河两岸，两岸的田里，那些一起一伏的人们，没休止，一代又一代，春种秋收，都是土里刨食，自己要活着，也不让家里老小饿着冻着，天生百物，本来就是给众生备晚饭的。她看到有挑货郎走过。那时一个光洋一担米，后来光洋不值钱了，一个光洋可以换一条洗脸手巾。现在光洋都叫文物小贩收走了，听人说贵了。还看到有弹棉花的两口子，他们用绷子弹得棉花漫天飞舞。眉河边上有家醋坊，庄稼人喝醋却不买醋，一般人家都酿醋，用小米酿出的醋，味淡淡的，色黄黄的，伏天从地里回来怕中暑气，一勺醋对一碗水仰脖灌下暑热全消。后来人们都不做醋了，吃醋厂的醋，醋水泛黑，闻上去酸里带腥，喝一口，味辛刺嘴，不知都加了什么东西。她看到河岸的马路上有车跑，奇奇怪怪的样子，车跑过扬起一股尘，没等土落下，又扬起一股尘。尘土在眉河岸上团着不散。几个上小学的娃娃在河岸大块的平坦的石头上练习写字，那些字斜斜歪歪的，一笔一画费了很大的劲，有几个字你推我搡地挤在一块，那都是些什么字呀？粗看胳膊腿都很强壮，细看道道儿画得细毛鬼筋，识字比干庄稼活累人。这世上什么事能难死人？软琴想：识字能难死人。从古到今天下就这么活过来了，想到天下，便低头去看手心里的两个字，再看，手心里开着两朵花，艳丽得刺目。

"醒了，醒了。"

谁醒了？软琴发现四下都是人，他们包围着自己。软琴看到根宝，傍边站着一个面熟的人，想不起来是谁。那个人笑着说："大娘呀，我是拿走你针线簸箩的那个人。"

噢，软琴想起来了。

李宏伟说："大娘，我帮你找到借条上的人了。李满堂，他还活着，离休了，还记得欠你的债。他还想着要来看你，无奈他走不动了，脑梗，他想请你去见他，他有话要和你说。"

软琴一下来精神了，坐起来说，"他还活着？活着就好。天不薄欠债人啊！嗨，债不债吧，多少年了，都老皇历了。"

当年的李满堂还活着，活着好，给了软琴一个希望。对软琴来说，只要他活着，就是一个温暖的依靠。曾经催人落泪的故事，已经在时间流逝中消失了，那些伤感的故事，再去回忆有什么意义呢？软琴抹着眼泪说："贫苦人弄天下不容易啊，不管咋说，江山总归是叫共产党打下了。好嘛，霍长驴也受到了国家抚恤金和救济粮的照顾，我一个入土之人还有什么不知足呢！"

李宏伟说："大娘，天下事都会有一个交代。你安心几天我落实有结果后我来乡下接你。"

软琴说："娃娃家，你咋就找着李满堂了？不是和你一个姓，也是你的什么人吧？"

这话说得有几分挨着边儿。李宏伟告诉软琴，取了针线簸箩回到县城，和父亲说起他从乡下收来的针线簸箩里有一张欠条，父亲和曾经一个叫李满堂的人是朋友。父亲看后说，李满堂当年是武工队队长，因借粮落过难，应该是他没有错。李宏伟把针线簸箩里的借条照了相片用特快寄给调往南方工作并离休在南方的李满堂。不日后电话打了过来要李宏伟去一趟，李宏伟带着针线簸箩去见李满堂。李满堂见到针线簸箩的刹那间，一种期望和失望相交织的情绪满溢了全身。

软琴听得泪流满面，关键处问了一句："李满堂看罢借条说啥了？"

李宏伟一脸正经说："借钱长利天经地义。"

这句话于软琴不重要，于村干部很重要。

重要吗？与当下的日子究竟有多大的关系？

时节是大规律，人按天明天黑打理生活。软琴越发精神了，打村庄里走过，见着邻里乡亲脸上就多了笑意。别人问她事情有啥结果了？她不答，啥结果都不重要了。节气提醒人们该做什么，要是错过了时机，一年中什么事情都会迟缓半拍。软琴把地里的萝卜、地瓜、雪里蕻、红薯刨回家，共有四五篮子。摊在院子里晒，见了日头失失水能放长。地里的收拾完了，她收拾手边活，像是要出远门走长路似的。

一个早上，李宏伟又来了。这回是叫软琴去外面的世界里看看，看看天下都生出了什么稀罕的东西，捎带去见见李满堂，商量一下赔偿的事宜。那个年代的光洋到现在折算人民币不好说一个准确的数字，李满堂说要按软琴的要求来偿还。

软琴看那天空，透过渺渺的薄云能清晰地看到蓝天上的天脉，看什么像什么，变化万端。软琴说："当年的李满堂是个俊汉子，深眼窝，水泡眼，高鼻梁，宽下巴，不知现在老成啥样子了，就怕见着我这马瘦鬓乱，人穷相老的人吓着人家当官的。"

决定去时发现没有合体的衣裳，老土，上不得桌面。李宏伟叫她只管走人，大城市里的商店想穿啥都有。他负责买。

准备好日子要上路了，哪想事情发生了变化。乡里的听说此事后决定不让软琴去城里见李满堂。软琴是一辈子没出过山的农妇，她真要见了外面的世界，见李满堂住高楼，吃喝拉撒都有警卫，软琴这一辈子老说霍长驴是对共和国有过贡献的人，她出门真见了有过贡献人的特殊待遇，那还不把一辈子积压的泼劲都使出来。狮子口大开，那是要给乡里丢人的呀。这么一议论，决定软琴不能出门。软琴一辈子的性子，生愣硬，不闹出事不罢休，虽然软琴老了。因为这件事激活了软琴身上潜藏的东西，唤醒了身体里的曾经的性子，生出啥无中生有的事来都有可能。不仅乡里抹黑，县里都要抹黑。说服软琴的事落实到了村干部根宝头上。根宝一开始不答应，可不答应又找不到一个合适人选。

乡干部说："这是硬指标。蚊子不尿尿，你有你的曲曲道。"

根宝也炝蹶子了一句："我这一辈子就只能当个村干部！"

乡干部说："你现在就尿高了，行使的是乡领导的权利。"

根宝老了。眉弓光秃看不到眉毛，烟黄色脸膛，背上也耸起了锅。可根宝的做派不变，倒背着手，以前披着中山装，现在披着西装，瞅着软琴在屋里时弯腰走了进来。

根宝坐在椅子上抽了颗纸烟，仔仔细细打量了一遍屋子，啥值钱没有啥。又掏出一颗纸烟接续上，照着门弹出了烟头。

"人这一辈子，肚里不放个墨水瓶，真要出门去和人说话是很费劲的。"

"只要有人的心肠，说话就不费劲。"

"独柴难烧，独人难活。你瞅你哪里还是年轻时候的软琴，年轻时候的软琴那是弯眉杏眼，光皮嫩腮，你看你现在。人哪，到了什么年纪就得耍什么。"

"那你说，我现在的时候还能耍什么？"

"能耍的多啦，就耍你这个老树桩，不挪窝。你一辈子被光洋耍得还不够难活，临稍末了，一个妇道人家不去抛那头，露那面啦！"

软琴在午后搂了一卷纸钱去往囚放霍长驴的窑洞处。站在窑口前，她看到窑里已经放了三口棺材，都是先死的人等活着的人百年后一起下葬。人死不能复生，在人世活过一回，活着时，期待的愿望就要实现了。纸钱烧完后，软琴破例跪下磕了仨头。

起身时她说："你懂啊，咱该知足，不讨便宜便是最实在的安宁。"

一股风绕着那纸钱飞了，最后的风尾巴挠了一下软琴的衣角。

九

从二十来岁算起，五十多年，这中间有难以言说的伤痛。当年，李满堂从软琴家走时怀揣着六十块光洋，他摸黑敲开黄财主的大门，黄财主脸上笼罩着一抹茫然。李满堂说，我来借粮，不是白借，这是光洋。光洋扔在黄财主的台阶上，夜幕下的李满堂霸气逼人。就这样，连夜六十担米从黄财主家运走了。李满堂一直记着光洋的事，无奈战争让部队入不敷出，一推再推。错过还钱的日子后，他和部队已经走离故乡。五十年代李满堂回到省城，尘封的记忆开始复苏，一些往事的片段零星地浮现，他决定还债。哪知有人这时候揭露他当年过河时裤裆里绑着一袋子光洋，那些光洋哪去了？李满堂在百般辩解中迎来了"文革"。"文革"中他被下放到北大荒。拨乱反正后恢复工作，他反复和所有的人说一件事，借钱还债。这相当于很强烈地表达自己的愿望，他希望人们能够重视，然而没有人认为他说的话是真的。这个世上李满堂欠了债，他同自己讲，这辈子无论如何得还了这个债。可社会发生的一切总是叫他一错再错。人在生存中对某些坚持分明是一种对信仰的砥砺，时空可以超越，现实总是让他无奈。不说也罢，人生的事就像是先前约好的，该来的总归是要来。知道软琴不想出门，怕年龄大了有啥闪失，李满堂通过上边的领导协调决定赔偿十万元给软琴。

与人的一生相比，钱算什么呢？软琴是五保户，算是国家人了。她花不动钱了。钱是有重量的呀！

她给市里的李宏伟打了电话，要他来。

软琴说："这些天我把那些往事又活了一遍，我不能沿着来时的路再慢慢走回去，走回去让我痛楚难言。听说上边要给的钱数目怪大，我思忖了几日，喊你来，是叫你替我写几句话，把那钱捐给村里。电视上常见有富人捐钱建学校，我也捐了，在谷堆坪建个小学，走过时我也好知道那是霍长驴捐下的。"

李宏伟说："是不是该叫个霍长驴小学？"

软琴笑了，"叫人笑话哩嘛，快不要叫人笑话了，一辈子名字没有叫顺溜，都是土里刨食的人，糟蹋人家学文化的娃了。不管叫啥，反正不能拿霍长驴的名字说事。"

春天，软琴下地，走过村中央，看到黄财主的场上建起了一座小学校，一扎十间平房。软琴问过往的上学的娃娃，学校叫了啥名儿？娃娃说："李满堂小学。"

软琴怔了一下站着看了半天。

"好哇，叫那个在天下走丢的人再都不离开谷堆坪了！"

故乡装满了好人和疯子

一

我常常在黄昏降临时看世界暗下来，在某个瞬间，涌动的人流猝然凝固，黄昏是一天最安静的时刻，我能听见那些老旧的家具在黄昏的天光下发生着悄悄的变化。一切变化总是悄悄的。就像人的日子，一天比一天短。黄昏能够安静下来的日子总是乡村。乡村过日子饱满的元素其实有四种：河，家畜，人家和天空。如果没有水，万物是没有生气的，而人家则是麦熟茧老李杏黄，布及日常，可乐终身。

我生长在山西沁水县山神凹，荒山野沟，逃荒落住的祖先停下脚步，沟里有水，黄土崖壁少石，崖下挖洞，凹里人叫土窑窟窿，是藏人的避难所。小时候对山之外充满憧憬，跟随小爷上山放羊，站在山头上望远，小爷说："长大了往山外走，山外有知识。"

上苍把我放置在穷乡僻壤的环境。春天的暖阳，梦中的蜂群和蝴蝶沿着花香的藤蔓缓缓下降，夜晚的院子里坐着许多背影，他们多数没有进过城，与城市永不谋面，仅仅出于生理的渴求，苦难的日子很简单就把一件梦想的事潦草地做掉了。在天空之上，一个幻想者停止在炕上辗转反侧，炕墙画，时光早已被浪费，在堆积尘埃的旧时光里，像一本至善的书，我守着月光静静地阅读它们，不知道哪一个场景更加打动我。我的成长对山外的认知少得可怜，炕墙画告诉了我历史，仿佛那是生活的一个必然背景，我在场，甚至不需要夜晚，炕就是我的舞台。一个山里人如果不读书上学，一辈子生活在山里，知命知足地活着就是幸福。童年的乡村给了我故事，与蛙鸣相约与百姓相处，生活中耳闻目睹的人事占据了我最早对生活的认识，布衣素鞋，日出而作，日落而归，有些时候他们也有声响，譬如生就一张扯开嗓子骂人的花腔，活在人眼里，活在人嘴上，妖娆得疯涨。

人活着不生事那也能说叫活人？人一辈子不能四平八稳，就连畜生都知道翻山越岭的日子叫"活得劲了"，那是蹬得高，下得了坡的能耐啊。

以写作为媒，传达个人经验，个人经验千差万别，我的人情物理发生在乡村，我看到我的乡民用朴实的话说："钱都想，但世界上最想的还不是钱。"

乡民最想的是怀抱抚慰，是日子紧着一天过下去的人情事理。山之外的知识勾着我，离开乡村意味着逃离乡村，逃离便意味着再也回不去，同样一个人，谁改变了我的感情？人在时间面前就这样不堪。所以，天下事原本就是时间由之的，大地上裸露的可谓仪态万千，因天象地貌演变而生息衍进的乡村和她的人和事，便有了我小说中的趣事，趣闻。乡村是我整个社会背景的缩影，背景中我得益于乡村的人和事，他们让我活得丰富，获得兴盛。乡村也是整个历史苦难最为深重的体现，社会的疲劳和营养不良，体现在乡村，是劳苦大众的苦苦挣扎。也只有年节，走走亲戚，赶赶庙会，旷野里，秋阳下，庄稼人高兴而忙碌的事开始了，打酒买肉，日子再苦再难，灶间的烟火兴旺，日子才要兴旺，余烟水气不灭，日子总有好过的一天。

乡村活起来了，城市也就活了，乡村和城市是多种艺术技法，她可以与城市比喻、联想、对比、夸张，一个奇崛伟岸的社会，只有乡村才能具象地、多视角地、有声有色地展现在世界面前，并告诉世界这个国家的生机勃勃！乡村的人和事和物，可以纵观历史，因此，对于衰败的故乡，我是不敢敷衍的。

我是乡间走出去懂"知识"的人，没有一株青草不反射风雨的恩泽。乡间生活的人们对我来说是六月天的甘霖对久旱不雨的青草的滋润，我就是那青草，是乡间生活的人们给了我养分。这个社会上如果我活着不能做些有益的事情，我就愧对了这片厚土！我幸福的记忆一再潜入，让我想起乡村土路上胶皮两轮大车的车辙，山梁上我亲爱的村民穿大裆裤带草帽荷锄下地的背影，河沟里有蛙鸣，七八个星，两三点雨，如今，蛙鸣永远鸣响在不朽的辞章里了。坟茔下有修成正果瓜瓞连绵的俗世爱情，曾经的早出晚归，曾经的撩猫逗狗，曾经的影子，只有躺下影子才合二为一，所有都化去了，化不去的是粗茶淡饭里曾经的真情实意。人生的道路越走越远，我终于明白了生活中某些东西更重要，首先肯定，于我，幸福一定是根植于乡土。

二

我在整个春天翘着指头数春雨，一场春雨一场暖。我牢记了一句话：所有情感都很潮湿。春天，去日的一些小事都还历历在目，人是一个没有长久记忆的动物，可记忆有着贪婪的胃口，总是逃不脱回忆童年。由盛而衰的往事，以生命最美丽的部分传递着岁月的品质。一场秋雨一场寒，人类所有的痛苦都涵盖在失去季节的痛苦里，如今，时光搁浅在一个只有通过回忆才能记起来的地方，那个地方总是离乡土很近，总是显得离人群很近。我用汉字写我，写我的故乡人事，写永远的乡愁，事实上我的乡民都是一些棱角分明的人，只有棱角分明的人入了文字才会有季节的波动。看那些被光阴粗糙了的脸吧，像卜辞一样，在汉字组成的这块象形的土地上，所有的文字都是他们活着的安魂曲。

故乡装满了好人和疯子。

文字有它的源头，文学不能够叫醒春天，在贫瘠的土地上，除去茂盛的万物，我从不想绕开生，也从来不想绕开死，生死命定，生死与自己无关。或许正是和世界的瓜葛，文学的存在对社会的价值就只能是一个试探。即使一个优秀的作家竭尽全力呐喊也是微茫的。写作者就这样在物质条件匮乏的精神存在里流浪，才懂得什么叫心甘情愿。我一直把"知识"看成攒钱，看着众多的书籍，我越来越孤独，越来越讷于为人处世，我孤僻着自己，中药一样的人生，我把对农业的感恩全部栽种在文字里。我安静地等待生长。在世俗里，我已经清楚地看到了我的未来，这些感受，在一茬一茬庄稼人被时光收割后，我写他们，写生活中某种忍受，某种不屈。

生是血性的，在农业的大地上呈现千姿百态的图案，死亡与生命相伴随，生活的真实总是在文字之外，我无法为写作下一个什么样的定义，文字只不过是文学的表达形式而已，只不过是对历史的共同记忆。

在我孤独的日子里，我是一个拿腔作调的人，我的写作不能够传达出特立独行的价值观，我始终不满此处的生活，为什么文学只能是纸上黑墨？

　　我想回避现实，现实中我时常会被选择，我为生存困惑过，被否定或被肯定的目光，都来自一些生活小事。我从乡民身上获得力量，他们的胸怀可以装得天下，他们是一群守着自然秩序的凡人，对所有的有生命的灵物都以兄弟相称，只因"农民"身份，各安天命，各从其类。突然有一天他们在农村成了多余的人，在城市里也成了多余的人，不是"好马不吃回头草"的古训作用，而是土地养活不了他们了。他们明白，时代在飞速进步，生活趋于简单化，固有的民间心态，乡民们得意的样子是不用指着种地过日子了，那些有性格的人慢慢在改变，生殖的大地，我作为一个写作者，乡民逐步的让我失去了一些想入非非的境界。我知道想入非非才是一个写作者生存的能力和手段。更多的时候，我甚至讨厌我无知的乡民，我告诉他们不要离开土地。他们说，你说的都是谎话，谁愿意一辈子和土疙瘩打交道呢？我是一个坏人，他们依然把我当成了他们的朋友，就这么简单。

坦率地说，做一个真正意义的形而上的写作者是痛苦和沉重的。在光阴走失的千山万水中，我用肉眼去发现生活的美，我慎之又慎的使用自己手中的权力，我倍加珍惜而维护我心中的尊严和神圣，我不屑做一个浅薄而根本不配写作的人，然而在这个社会内部缺乏秩序的世界上，我所做的一切都很令自己失望。我越来越茫然，越来越胆怯，面对文字我不知该如何表达我的心境，爱你越深恨你越甚，我有千百个理由拒绝那些为了生存艰难活着的乡民、那些故事，我更有千百个理由陪伴在他们身边。活着，他们曾经形象鲜明地成为我另一种阅读，身处在这样一群人中间，我该如何选择我的渴求？他们从没有拒绝过生之柔情，同样每个生命都未曾拒绝过那些人为的暴戾，接纳悲喜如同接纳日常。

感情是不能支配的，能支配的感情一定是虚伪的。如特蕾莎修女的《活着就是爱》中的谈话，一个写作者要表达对世界的看法，得用一生的努力去贴近生活。我不得不再一次相信命运，我的村庄，我与我所经见的一切物事简单到不能再简单，我已经找不到理由拒绝对他们的依靠，因为，他们是我文字的依靠也是我生命最后情感的依靠。

三

通过书本我肯定了我那些非常牢固的渴望，我不想和我熟悉的东西说再见。

那些风口前的树，那些树下聊家常的人，说过去就过去了，人要知道节气，是不是？记忆如果会流泪该是怎样的绵长！村庄让我懂得什么是善良、仁慈和坚忍，繁华的一切成为旧日过眼云烟之后，身后无数的山河岁月，心目所及，我的乡民，只要还想得起他们明澈的眼睛，不久就是丰收的秋天了。岁月是如此曼妙而朴素，世上万物都有因果，在河岸上感受生命里的爱，我便懂得了一个人的灵魂因饥饿而终于变得坚强，因富足衰弱得像煮熟了的毛豆，听不到爆壳声，嗅不到生豆的味道。

当有一天故乡人告诉我，你对乡村的猜想是错误的，他们不是守不住土地了，是河道里没有水了。离开时，有的乡民坐在河道里哭泣，泪水是没有内容的，它就是泪水。群山云天，林谷之风又岂能消解他们心头的块垒？越走越远的乡民，已经没有回头的迹象了。头顶的燕子依然在飞，晚夕的阳光落卧在河岸上，那些窑洞，对我的当下而言，生活不过是一场往昔的寓言。一滴水的消失只是从前，我见过从前，我尽量无限温存地注视我的从前，从前醇酒般溢着日久弥香的岁月魅力，这让我想到了博尔赫斯的一句话：水消失于水。我说，永恒消失于永恒。就这样，生命的一个年头里我的文字里搁置着我亲爱的乡民的从前。

　　我越来越依恋故乡，城市让我没有方向感，那些作响，那些吵杂的声音，心像挂在身体外的一颗纽扣，没有知觉。一切意味着我已经离不开故乡那些好人和疯子。意味着对我漫长的骚动生涯的肯定，又似乎包含着某种老年信息。我已经没路可选，路的长短，一个不能用简单的测量计制来说话的数，我在路上，我的出生，我的亲人，我的朋友和老乡，他们给我他们私密的生活、泪下的人生，他们已经成为我挪不动步的那个"数"，都算死我的一生。朱熹讲：人禀气而生，气有清浊之分。我心借我口，喊出他们的名字时我依然能流下眼泪。